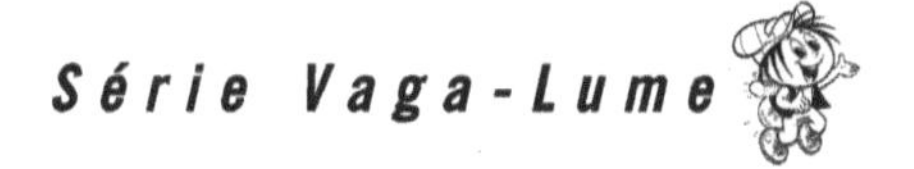

O OURO DO FANTASMA

Manuel Filho

Ilustrações
Rogério Coelho

editora ática

O ouro do fantasma

Editor	Fernando Paixão
Editora	Carmen Lucia Campos
Editor assistente	Fabio Weintraub
Preparadora	Maria Sylvia Corrêa
Coordenadora de revisão	Ivany Picasso Batista
Revisoras	Alessandra Miranda de Sá Cátia de Almeida

ARTE

Editora	Suzana Laub
Editor assistente	Antonio Paulos
Ilustração de capa e miolo	Rogério Coelho
Editoração eletrônica	Flavio Peralta (Estúdio O.L.M.) Claudemir Camargo

CIP-BRASIL. CATALOGAÇÃO NA FONTE
SINDICATO NACIONAL DOS EDITORES DE LIVROS, RJ

M251o

Manuel Filho, 1968-
O ouro do fantasma / Manuel Filho ; ilustrações Rogério Coelho. - 1.ed. - São Paulo : Ática, 2005.
136p. : il. - (Vaga-Lume)

Contém suplemento de leitura
ISBN 978-85-08-09446-2 (aluno)

1. Literatura infantojuvenil. I. Coelho, Rogério. II. Título. III. Série.

05-1484. CDD: 028.5
CDU: 087.5

ISBN 978 85 08 09446-2
CL: 731924
CAE: 224050

2023
1ª edição
10ª impressão
Impressão e acabamento: Forma Certa

Avenida das Nações Unidas, 7221, Pinheiros – CEP 05425-902 – São Paulo, SP
Atendimento ao cliente: (0xx11) 4003-3061 – atendimento@aticascipione.com.br
www.coletivoleitor.com.br

Brisa de outro tempo

Recém-chegado à cidade histórica de Tiradentes, onde pisa pela primeira vez, o jovem Lucas se sente como se já tivesse estado ali. Nem bem começa a caminhar pela cidade, ele experimenta vertigens, testemunha a morte de um velho, ouve músicas que ninguém mais escuta.

Sem saber, Lucas veio a Tiradentes em resposta a um chamado sobrenatural. *Um espírito do século XVIII precisa de seu auxílio para se libertar de uma terrível prisão. Só Lucas poderá ajudá-lo, desde que se disponha, é claro, a cumprir três tarefas arriscadíssimas. Detalhe: se fracassar, corre o risco de também virar fantasma ou de ficar preso no passado, para onde deve retornar a fim de cumprir a última tarefa.*

Lucas, porém, não está sozinho. Ele conta com o apoio de Joaquim, o charreteiro, guia turístico, doido por aventuras e de olho comprido em cima dos tesouros do fantasma, e de Adriana, bisneta do velho José (o tal falecido no começo desta história). Acompanhando de longe o sobrinho Lucas, o olhar desconfiado de Joia — a tia que trabalha como restauradora nas igrejas da região e está mais interessada na conservação do patrimônio histórico-brasileiro que em vozes do outro mundo.

Cabe a você, então, acompanhar de perto essa história de amizade e assombração, aproveitando para conhecer um pouco mais do nosso passado colonial. A febre do ouro nas Minas Gerais do século XVIII, o fardo da escravidão (ainda hoje, mais de um século após a Lei Áurea, não totalmente erradicada do Brasil), alguns lances da revolta dos inconfidentes, tudo isso você ganhará de lambuja, seguindo os passos de Lucas pelo chão de pedra de Tiradentes. Então abra logo as janelas e deixe o ar frio entrar: essa brisa vem de longe.

Conhecendo **Manuel Filho**

Manuel Filho nasceu em São Bernardo do Campo (SP), em 1968. Formado em publicidade e propaganda, é também ator, dramaturgo, ficcionista. Atuou em grandes espetáculos musicais como *Os Lusíadas*, *O Mágico de Oz* e *Brasil, Outros 500* (espetáculo em comemoração aos 500 anos de descobrimento do Brasil). Como dramaturgo, escreveu peças adultas e infantis, além de um divertido musical chamado *A seguir, cenas do próximo capítulo*. Também trabalhou em rádio e televisão como redator. Publicou contos em jornais e revistas e, no campo da literatura juvenil, lançou *Um e-mail em vermelho*, em parceria com Eliana Martins. Por fim, compõe ainda canções, tendo já gravado um CD.

Além de escrever, Manuel adora viajar. Quando chegou à cidade de Tiradentes, em Minas Gerais, teve a impressão de que havia voltado no tempo. Encontrou histórias em todos os lugares: nos becos, nas ruas e construções. Encantou-se com a beleza do interior das igrejas, que guardam belas obras de arte, de um importante período da história do Brasil. Nesse cenário, começou a ouvir pessoas e a imaginar os personagens da história que você vai ler agora.

Foto: Paulo Sartao

para Eliana Martins, que me mostrou o caminho,
e Nancy Alves, minha fada madrinha, sempre.

Sumário

1 UM GRANDE SUSTO

Ninguém prestou atenção quando mais um ônibus estacionou na rodoviária de Tiradentes naquele início de manhã. Diariamente, chegavam turistas de todas as partes do Brasil para visitar aquela pequena cidade histórica do sul de Minas Gerais.

Somente os vendedores de artesanato arrumavam suas mercadorias quando Lucas desceu do ônibus.

— Finalmente, cheguei! — disse ele, espreguiçando-se.

Quem o visse de longe pensaria que se tratava de um simples turista: o rapaz alto e magro, de mochila nas costas, jeans amassados, cabelos compridos e desarrumados que revelavam um jovem disposto a se divertir.

Mas não era apenas isso. Estar ali era como a realização de um estranho sonho, que se repetia noite após noite. Nele, Lucas via aquele vilarejo com riqueza de detalhes, como se já o conhecesse. Mas nunca, em toda a sua vida, estivera na cidade. Não conseguia se esquecer também da estranha música que sempre soava em seu sonho. Queria entender a razão de tudo aquilo.

Uma chance para que isso ocorresse surgiu quando Joia, sua tia favorita, o convidou para passar as férias junto com ela. Tia Joia era uma restauradora profissional e trabalhava pelas cidades históricas do Brasil. Estudara até na Europa e agora usava seu conhecimento para recuperar o passado de seu país.

Lucas não teve dúvida em aceitar o convite. Além de conhecer um lugar diferente, poderia vê-la trabalhando e ainda aprender coisas novas. O principal problema foi convencer sua mãe a lhe permitir viajar sozinho, mas essa tarefa ficou aos cuidados de Joia, que garantiu não haver nenhum perigo. Essa viagem seria o seu grande presente de aniversário, que aconteceria dali a alguns dias, quando o jovem completaria quinze anos.

Lucas procurou nos bolsos o endereço da pousada onde iria ficar. Em vez disso, achou um bilhete da mãe. Prometera telefonar assim que chegasse. Faria isso depois que conseguisse se instalar.

"Onde será essa rua afinal de contas? Rua do Jogo de Bola, 27! Uma cidade que possui uma rua com esse nome deve ser muito legal", pensava ele.

A cidade seguia um ritmo muito diferente do qual ele estava acostumado. As casas enfileiravam-se umas ao lado das outras e a maioria das portas dava direto para a rua, sem quintal ou grades. A calçada era muito alta e estreita; nada de asfalto ou paralelepípedo. O calçamento da rua era feito com pedras de diferentes tamanhos que se moldaram ao caminhar das pessoas ao longo das décadas, todo o centro do caminho era um pouco mais profundo.

Observou uma grande quantidade de charretes. Lembrou-se de que ainda faltavam alguns dias para a alta temporada, quando a cidade ficaria realmente cheia. Imaginou que os charreteiros estariam loucos para trabalhar e não estava errado. Logo que viram Lucas, os garotos começaram a chamá-lo para dar uma volta. Escapou dos convites insistentes entrando numa rua estreita.

Viu uma antiga ponte de pedra, aproximou-se e decidiu atravessá-la. Parou bem no meio, debruçando-se para ver o rio. Lucas gostava muito de água, era um bom nadador e até ganhara alguns campeonatos. Enquanto imaginava que tipo de peixes haveria por ali, sentiu-se atordoado. Pensou que fosse uma leve tontura, mas seus olhos tornaram-se fixos e o fundo do rio parecia atraí-lo. Lembrava-se agora: eram os sonhos. Aquele rio lhe aparecera várias vezes, a ponte de pedra, todo aquele cenário. O mais impressionante era a sensação de que alguém estava sendo arrastado pela correnteza.

— Ei, garoto. Tudo bem? Cuidado, parecia que você ia cair dentro do rio.

Lucas virou-se e viu que um homem o olhava apreensivo.

— Estou bem, obrigado! — respondeu Lucas.

O homem se afastou, e o jovem resolveu também sair da ponte. Não queria mais sentir aquela sensação de morte.

Estava cansado. Era hora de encontrar a pousada. Tia Joia já deveria estar preocupada. Resolveu entrar em uma loja de artesanato para se informar. No balcão, estava uma bonita garota, com uma longa trança que lhe caía pelos ombros. O rapaz não conseguia tirar os olhos dela.

— Por favor — começou ele. — Estou procurando a Rua do Jogo de Bola.

— Ah, eu sei onde é. Vem cá pra fora que eu te explico — saíram os dois para a calçada. Lucas a seguiu com prazer. Era uma garota muito bonita; os cabelos negros, ao se soltarem, esconderam-lhe a nuca. Um vestido leve acompanhava-lhe os movimentos do corpo, insinuando belas curvas.

Já na calçada a moça começou a gesticular ensinando o caminho. Lucas fingia não compreender, aproveitando para estender a conversa e até conseguir alguns sorrisos da jovem.

— Ele vai querer que você... — o velho não conseguiu terminar a frase.

— Como é seu nome? — perguntou ele.

— Adriana, e o seu?

— Lucas.

De repente, o rapaz sentiu uma mão gelada tocar-lhe o ombro. Estranhou que alguém o segurasse daquela maneira. Virou-se e viu um homem muito velho.

Assustou-se. O velho o olhava como se visse uma assombração.

— É você! É você! Eu... Eu estou vendo... — disse ele.

Lucas ficou impressionado. O velho apontava-lhe o dedo e tremia muito.

— É você!... Cuidado!... Vá embora! — a voz do velho estava muito fraca. — Cuidado, não vá até lá... Não se aproxime... — saíam lágrimas de seus olhos.

— O que é isto, biso? Uai, o que o senhor está fazendo? — perguntou a garota da loja para o velho, que aparentava não a ouvir.

Lucas não sabia o que fazer. O velho não o soltava, apertava-o cada vez mais. O rapaz começou a sentir-se aflito, com medo. Os olhos do velho estavam cheios de terror. De sua boca enrugada os sons saíam com muita dificuldade.

— Ele vai querer que você... — o velho não conseguiu terminar a frase. Deu um último suspiro e caiu em cima de Lucas.

2 O VELHO GUARDA UM SEGREDO

Assim que o velho caiu, um tumulto se formou. A rua, até então vazia, encheu-se rapidamente. Logo tentaram socorrê-lo e, ao mesmo tempo, amparar os dois jovens, que estavam chocados com o ocorrido. O velho estava morto.

Lucas e a garota foram levados para dentro da loja. Adriana era forçada a tomar um copo d'água enquanto tremia e chorava.

— Ele era meu bisavô — disse ela.

— Seu bisavô? — perguntou o rapaz espantado. — E por que é que ele disse aquilo para mim?

— Não sei. Ele nunca agiu daquela maneira. Sempre foi muito quieto...

"E isso foi acontecer justo comigo!", pensou o rapaz.

— A única coisa que eu sei é que contavam algumas histórias que...

Enquanto Lucas tentava compreender o que havia acontecido, Joia irrompera no meio da multidão, abraçando-o.

— Lucas, meu querido! Você está bem?

— Estou sim, tia!

— Logo que eu fiquei sabendo vim correndo pra cá! — disse Joia.

A notícia do fato já havia se espalhado: o velho José caíra morto sobre um rapaz magro, de cabelos pretos e compridos, recém-chegado. Joia desconfiou que poderia ser Lucas.

— Esta aqui é a...

— Adriana! — interrompeu Joia, deixando claro que já a conhecia. — Lucas, espere só um momento, quero falar com a família dela.

Lucas viu a tia se aproximar de um grupo de pessoas. Era muita gente ao mesmo tempo, alguns choravam, outros se mostravam perplexos. Joia cumprimentou algumas pessoas e rapidamente voltou para junto do jovem.

— Acho melhor a gente já ir, Lucas — disse ela. — Vamos para a pousada. Você precisa descansar.

Dito isso, Joia pegou a mochila do sobrinho e saiu. Lucas despediu-se de Adriana e seguiu a tia.

"Que susto que eu levei!", pensou ele. Não imaginou que o velho tivesse falecido quando caiu em cima dele. Achou apenas que fosse um desmaio. O que mais o assustou foi o olhar, um olhar assustado, de uma pessoa que parecia ter alguma coisa muito importante para contar. "O que teria o velho para me dizer, afinal de contas?", refletia o garoto.

A pousada onde iria ficar era uma casa típica de Tiradentes. Grandes janelas com pequenos vidros quadrados e uma porta de madeira que dava direto para a rua. Havia na entrada uma pequena sala, com alguns móveis antigos, decorada com o artesanato da região: esculturas, pinturas e outros enfeites.

— Olá, Dona Violeta! — disse Joia para uma senhora negra que aparentava uns sessenta e poucos anos. — Este é meu sobrinho, de quem já lhe falei.

Lucas cumprimentou a senhora e logo foi levado para o seu quarto, que ficava exatamente na frente do de Joia. Todos os quartos davam para um corredor. Ao longo deste, mais três portas revelavam outros quartos, com banheiros privativos. Mais ao fundo, a cozinha e um salão de refeições onde os hóspedes se alimentavam durante o dia.

— Agora preciso voltar ao trabalho, meu querido — disse Joia. — Eu vou para a Matriz de Santo Antônio. Descanse um pouco e depois encontre comigo lá quando quiser — dizendo isso, saiu e fechou a porta.

Lucas ficou sozinho no quarto. O que estava acontecendo, afinal de contas? A cidade era exatamente a que via em seus sonhos, o rio lhe causara mal-estar, um velho caíra morto sobre ele. Lucas quase podia sentir aquela mão gelada sobre o seu ombro. Haveria alguma explicação para aquela sequência de eventos?

Ainda teve um arrepio quando fechou os olhos e caiu em sono profundo.

3 A FAMÍLIA MALDITA

A música soava altíssima. Lucas quase não podia suportá-la. Estava dentro de uma grande igreja cujas paredes, cobertas de ouro, brilhavam com intensidade. Era noite e, no céu, uma lua cheia iluminava todas as ruas de Tiradentes. Lucas corria para fora da igreja mas, mesmo assim, a música o alcançava. Voltava então ao interior e procurava, desesperado, o local de onde poderia vir o som. Não conseguia identificar sua origem.

Havia ainda muitas outras pessoas ao seu redor, porém pareciam não se incomodar com o que acontecia.

Tentava falar com alguém, mas ninguém lhe dava atenção. Estavam rezando. Somente ele podia ouvir a música. Lucas nunca ouvira um som como aquele antes: uma melodia, nem triste nem alegre, que possuía poucas notas, que se repetiam à exaustão, com força, muita força.

Tapou os ouvidos mas o som continuava a ecoar em sua cabeça.

Não aguentando mais Lucas começou a gritar.

— Acorda, acorda, menino!

Lucas acordou de supetão e viu Dona Violeta assustada à sua frente.

— Ocê tá bem? — perguntou ela. — Ocê tava gritando!

— Acho que tive um pesadelo! — respondeu Lucas.

— Tadinho! Você levô um susto grande hoje. Vem almoçá que passa.

— Obrigado — respondeu Lucas, sem saber muito bem o que dizer. Sonhara novamente. Tudo se repetia: pessoas rezando, uma canção muito alta, lua cheia e várias imagens que se misturavam com lugares que o rapaz, de alguma maneira, sabia pertencerem a Tiradentes. Agora tinha certeza: desde que chegara reconhecera vários lugares de seu sonho.

Lucas trocou de roupa e foi para o salão de refeições almoçar. Sentia-se encabulado. Precisava se lembrar de manter sua porta fechada.

— Desculpe se assustei a senhora — disse ele ao se sentar.

— Não me assustô não, uai — respondeu ela. — Eu tava cuidando de uns trem na cozinha quando ouvi uns barulho. Saí procurando e percebi que vinha do seu quarto. Bati na porta, e, como não teve resposta, resolvi entrá e foi aí que tudo aconteceu. Sua tia bem que me pediu pra ficá com os oio em cima d'ocê.

Lucas precisava falar para tia Joia que ele não era mais uma criança.

— Agora é só comê! — disse ela, colocando várias travessas cheias de comida diante do rapaz. O cheiro era convidativo. Estava com muita fome, não comera nada desde que chegara à cidade. Encheu o prato com arroz, hesitou na hora de se servir do feijão e de uma pasta amarela.

— Isto é angu — disse Dona Violeta. — É feito de fubá de milho. É muito bom.

— O que é que tem neste feijão que está tão diferente? — perguntou Lucas.

— É feijão tropeiro — disse ela. — Vai farinha, linguiça frita, torresmo...

Ela não precisou falar mais nada. O prato de Lucas estava abarrotado.

— A senhora conhecia aquele homem? — perguntou Lucas, enquanto dava mais uma garfada no angu.

— E não, uai? Era o velho José. Tinha pra mais de cem anos.

— Cem anos? — espantou-se Lucas.

Dona Violeta explicou que todo mundo pensava que o velho não fosse morrer nunca, que ia acabar enterrando a cidade inteira.

— Minha mãe, que conheceu ele quando menino, me contava que ele foi uma criança normal — disse Dona Violeta. — Um dia, começou a se afastá de todo mundo, sem explicação. Minha mãe também viveu muito. Era filha de ex-escravos. Nasceu aqui mesmo no Largo das Forras e nunca saiu daqui.

— Largo do quê? — perguntou Lucas.

— Largo das Forras. Pra cá vinham as escravas que eram alforriadas, as que ganhavam a liberdade. A minha vó chegô aqui logo que foi libertada e acabô tendo seus filhos nesta velha casa. Minha mãe nasceu e me teve aqui também. Fui a última filha, ela já tava velhinha quando me ganhô. Sou temporã.

— E a senhora conheceu o velho aqui também?

— Sim, eu era ainda muito novinha. Ele já era homem feito e não falava com criança. O que eu fiquei sabendo depois foi que ele endoidô porque a mulher dele morreu na hora do parto. Cuidô sozinho do filho que nasceu.

— Este filho que nasceu era o avô de Adriana, não era? — perguntou Lucas.

Dona Violeta confirmou o que Lucas perguntara. Quando o filho do velho José cresceu, o velho o mandou embora e ordenou que ele nunca mais voltasse para Tiradentes. O filho obedeceu. Entretanto, o tempo passou e ele acabou voltando casado para a cidade. Queria que sua esposa conhecesse seu pai. Além do mais, o filho estava desempregado e não tinha para onde ir.

— E o velho deixou ele ficar? — perguntou Lucas começando a se deliciar com a sobremesa, um doce de leite bem cremoso e muito espesso.

— Deixô, mas aconteceu uma tragédia. A mulher do filho dele também morreu durante o parto. O veio enlouqueceu de vez. Ficô gritando pela cidade toda que a culpa era dele. O povo até começou a dizer que aquela família devia de sê amaldiçoada. Cada vez que nascia um, tinha que morrê outro pra dá o lugar.

— E o que aconteceu com a criança que nasceu? — interessou-se Lucas.

Dona Violeta explicou que a criança que nasceu era uma menina e viria a ser a mãe de Adriana. O filho do velho, agora também viúvo, acabou ficando na cidade para criar a filha e cuidar do velho. A menina cresceu, se casou, ficou grávida e acabou tendo uma única filha: Adriana.

— O velho deve ter ficado com medo de que a mãe de Adriana também morresse no parto, não foi?

— Sim, mas daquela vez foi diferente. Não foi com parteira dentro de casa como com as outras, não. Levaram a mãe de Adriana pro hospital e deu tudo certo.

— Que bom — disse Lucas.

— O triste foi que pouco depois o filho do veio também morreu. O veio acabou tendo que morar com Adriana e com os pais dela.

Lucas achou que também enlouqueceria se tudo aquilo acontecesse com ele. Terminou de raspar o prato e levantou-se para sair.

— Ah, por favor, não fale para tia Joia o que aconteceu hoje por aqui, meu pesadelo. Não quero que ela fique preocupada — pediu Lucas.

— Pode ficá tranquilo! — respondeu Dona Violeta. — Vai sê nosso segredinho.

— Ah, mais uma coisa — continuou Lucas. — Onde é a Matriz de Santo Antônio?

— É bem pertinho. Vamos lá fora que eu mostro o caminho. Ocê vai vê como é bonita quando chegá lá. As parede tão cheia de ouro.

Lucas engoliu em seco quando ouviu essa frase, mas resolveu ir até a igreja assim mesmo.

4 O INÍCIO DO PESADELO

Lucas deixou a pensão e saiu para a rua. Pensou em encontrar Adriana, mas achou melhor deixá-la descansar. Deveria estar triste com a morte do bisavô.

Resolveu ir atrás de sua tia.

— Quer dar uma voltinha? — perguntou um charreteiro interrompendo o caminho de Lucas. — Ei! Não foi em cima de você que o velho José morreu? — espantou-se ele.

— Você conhecia o velho? — perguntou Lucas.

— E não, uai? Todo mundo aqui conhecia ele — comentou o garoto.

Lucas se lembrou da história de Dona Violeta.

— E foi morrer logo em cima de você! Trem mais doido! — completou.

— Onde fica a Matriz de Santo Antônio? — perguntou Lucas, pensando em se livrar logo do garoto.

— Fica na parte alta da rua. Posso levar você até lá. É bem baratinho — respondeu o garoto. — Pode pegar uma insolação andando por aí.

— Não, está tudo bem — respondeu Lucas.

— Mais tarde, se mudar de ideia, é só me procurar. Me chamo Joaquim. Vamos, Sultão, vamos — completou o charreteiro, tocando o cavalo.

Lucas continuou seu caminho. Sentia-se observado, as pessoas comentavam sobre ele durante sua passagem. Procurou ignorar a situação e ia admirando o casario. Alguns estavam decadentes, e outros, que tiveram mais sorte, estavam sendo reformados. Os telhados das casas pareciam ter saído todos da mesma fornada, as telhas eram idênticas.

Ao longo do percurso Lucas percebeu que havia, distantes umas das outras, pequenas capelas pela rua. Aproximou-se de uma delas, mas estava fechada. Continuou caminhando e, ao dobrar uma rua, a imponente Matriz de Santo Antônio surgiu à sua frente. Lucas teve certeza: era a que aparecia em seus sonhos. Sentiu um arrepio. A Matriz erguia-se no alto de um morro. Era amarela, com duas torres imensas.

O curioso eram os dois relógios, um em cada torre, que haviam parado no tempo. Cada um marcava uma hora diferente. E, como se não bastasse, ainda podia-se ver ao lado um relógio de sol sobre um pedestal. Enquanto subia por uma das escadas que levava ao adro, pensou se os sinos ainda badalariam. Não resistiu e parou por alguns instantes. A vista era linda. Admirou a serra que se estendia ao longo da cidade. O verde estava por todos os lugares e ainda notavam-se várias outras igrejas menores.

Ao chegar ao adro, percebeu que estava pisando em túmulos. Achou estranho e não sabia se poderia caminhar sobre eles, mas não havia outro jeito. Se pretendia chegar até a entrada da igreja, tinha que fazê-lo.

Ao chegar ao adro, percebeu que estava pisando em túmulos.

Eram muito antigos. Apenas placas no chão indicavam o nome do sepultado e a data; a grande maioria, de séculos passados.

Andou lentamente, lendo um por um, até que atingiu a entrada principal.

Ao perceber que estava fechada, caminhou pela lateral e viu que havia uma porta aberta. Dirigiu-se até ela, abriu-a lentamente e a luz invadiu o interior da igreja. Enfiou a cabeça e chamou baixinho.

— Tia Joia, você está aí? — assustou-se com o som da própria voz. O eco reverberou por toda a cúpula.

— Silêncio! — sussurrou Joia. — Lembre-se de que você está numa igreja. Estou aqui em cima.

Lucas olhou para o alto e viu a tia, com os cabelos pretos protegidos por um lenço, no alto de uma sacada ricamente decorada. Joia era uma mulher jovial, com quarenta e poucos anos, magra e muito ágil. Havia praticado muito esporte quando adolescente e se movimentava com facilidade por todos os lugares. Não tinha medo de altura, o que sempre lhe era muito útil.

— Descansou? Está se sentindo melhor agora? — perguntou ela.

— Sim — respondeu ele. Era melhor não falar nada do pesadelo senão ela o iria encher de perguntas para as quais nem ele mesmo tinha resposta.

— Então espere aí que eu tenho uma surpresa para lhe mostrar — Joia dirigiu-se para o fundo da sacada e sentou-se na frente do velho órgão da igreja.

— O que você vai fazer, tia?

— Este órgão tem mais de duzentos anos! Eu quero que você ouça o som dele — dizendo isso, começou a deslizar os dedos pelo teclado.

Lucas não podia acreditar. Parecia estar sonhando acordado. A música vinha com toda força e penetrava nos seus ouvidos, ecoando por toda a igreja.

Não podia ser! Era a música do seu pesadelo!

5 OURO POR TODA PARTE

Lucas ficou atordoado. Não podia acreditar que tia Joia estava tocando aquela música que o deixava maluco.

— Pare! Pare com esta música — gritou Lucas, para o espanto de Joia.

Imediatamente a tia silenciou o órgão e desceu correndo as escadas.

— O que foi, você está passando mal? — perguntou ela, segurando Lucas. — Eu não toquei música alguma, Lucas. Só passei a mão pelo teclado. Queria que você ouvisse o som dele na igreja.

— Eu ouvi uma melodia completa — respondeu Lucas atordoado.

— Mas eu não ouvi nada diferente. Vamos sair daqui um pouco.

Saíram da igreja para tomar ar fresco.

— Venho sonhando umas coisas esquisitas — disse Lucas. — Antes mesmo de vir para cá parecia que já tinha estado aqui. Eu nem sabia que era Tiradentes, mas eu via a igreja, as ruas, as casas. Sempre tem lua cheia e esta música que eu ouvi.

— Querido, isso deve ser somente um *déjà-vu* — disse tia Joia.

— Deixa o quê? — perguntou Lucas.

— *Déjà-vu* — riu-se Joia. — É uma expressão francesa que as pessoas dizem quando sentem que já estiveram em algum lugar onde nunca estiveram antes.

Lucas não se sentiu muito convencido.

— Tiradentes é uma cidade que já foi muito filmada e fotografada. Fazem muitos filmes por aqui, sabia? — continuou Joia. — Vai ver que você viu um desses filmes e acabou achando que já esteve por aqui antes. Até mesmo essa música. Será que não é alguma trilha sonora que você já ouviu em outro lugar? — Joia concluiu que o episódio da morte do velho teria impressionado demais seu sobrinho. Resolveu ir mudando de assunto para distraí-lo. — Deve ter sido o pó — disse ela. — Eu já passei mal várias vezes por causa da poeira de certos lugares... Veja só que desastre... Uma restauradora alérgica a pó!

Ambos riram muito. Tia Joia continuou a distraí-lo com algumas das suas histórias, mas nada tirava aquela música da cabeça de Lucas.

"Que dia estava sendo aquele!", pensou o garoto. Sua vida sempre fora parecida com a de seus amigos: ir à escola, festas, jogar futebol, paquerar; nem acreditava que agora estivesse sendo surpreendido por tantos fatos diferentes.

— Toda esta região já foi muito rica! — disse Joia. — O ouro aparecia em todos os lugares e o Ciclo do Ouro foi muito importante para o desenvolvimento de toda esta região. Portugal sempre quis achar metais preciosos em suas colônias. Imagine só a alegria deles quando descobriram que aqui, nas Minas Gerais, o ouro estava por todas as partes.

— Eu também teria ficado feliz! — observou Lucas.

— Sim, eles acharam que finalmente havia valido a pena ter descoberto o Brasil — riu-se Joia. — Para Ouro Preto, que antigamente se chamava Vila Rica, e que fica um pouco longe daqui, foram muitos homens com o desejo de enriquecer da noite para o dia. Encontraram ouro em muitas cidades como Mariana, Caeté e Sabará. Em Diamantina, os diamantes pulavam das pedras. O grande problema para todos era que a maior parte das riquezas ia direto para Portugal. Todo mundo vivia revoltado. O trabalho era duro e o lucro, muito pouco.

— E em Tiradentes? Também tinha algum ouro? — perguntou Lucas.

Joia continuou explicando que sim. Poucos homens ficaram muito ricos porque exploravam o trabalho dos escravos, que nunca paravam de trabalhar e custavam praticamente nada.

— Se você observar dentro da igreja, vai ver que existe ouro em todo o altar — disse tia Joia. — O valor artístico é incalculável. Só para você ter uma ideia de como as pessoas eram ricas, o órgão da Matriz foi trazido especialmente de Portugal em 1788.

— E o que aconteceu depois? — interessou-se Lucas.

— Com a escassez do ouro tudo foi ficando mais difícil. Portugal cobrava mais e mais impostos e os ricos comerciantes não podiam e não queriam pagar. Começaram então a se organizar e surgiu o movimento conhecido como Inconfidência Mineira, que pretendia a libertação do controle de Portugal.

— Foi aí que enforcaram Tiradentes — completou Lucas.

— Isso mesmo! E o nome desta cidade é em sua homenagem, porque ele nasceu aqui. Só que antigamente ela se chamava São José del Rey.

O nome José trouxe-lhe o velho novamente à memória. Precisava descobrir o que foi que ele tentara lhe dizer. Será que teria alguma relação com os estranhos fatos que estavam lhe acontecendo?

— Ah, sim — disse Joia. — Hoje à noite eu vou no velório do seu José. — Parecia que ela lera os pensamentos de Lucas. — Eu sempre achei que ele me ajudaria muito com a história da cidade; afinal, ele viu tanta coisa por aqui, mas não era de muitas palavras. Acabei ficando amiga de Adriana e de seus pais.

— Ele nunca lhe contou nada da vida dele? — perguntou Lucas.

— Muito pouco — respondeu ela. — Mas... Eu me lembrei de uma coisa!

— O quê? — perguntou o garoto.

— Uma vez ele me perguntou se eu tinha algum sobrinho. Eu disse que sim e até mostrei uma foto sua.

Lucas sentiu um arrepio. Seria por isso que o velho sabia quem era ele?

— Ele quis saber alguma coisa sobre mim? — indagou Lucas.

— Não. Ele apenas perguntou se você morava bem longe daqui.

— E por que ele quis saber isso? — preocupou-se Lucas.

— Não sei. Parece que ele ficou feliz quando eu disse que você morava bem longe — respondeu Joia. — Depois disso ele nunca mais falou comigo.

Lucas pensou por que motivo o velho iria se interessar por ele. Que diferença faria morar perto ou longe? Agora tinha muitas perguntas e queria as respostas de todas elas. Infelizmente, só havia um jeito para começar a consegui-las.

— Vou ao velório do velho com você hoje à noite! — informou Lucas para a tia, que lhe lançou um olhar desconfiado.

6 MEDO NO VELÓRIO

Lucas teve dúvidas se seria uma boa ideia ir ao velório do velho José. Achava que ir ao enterro de alguém não era a melhor maneira de começar as férias. Mas, também, não havia muita opção; já se sentia ligado a tudo aquilo.

Passara o resto do dia com Joia, que lhe falou de todo o projeto de restauração da Matriz. Ainda lutavam para conseguir patrocínio, o que não permitia que tudo fosse feito com velocidade. Durante alguns períodos, como o atual, por exemplo, as obras andavam lentamente. Só a limpeza era executada, e a igreja ficava praticamente vazia. O pior do trabalho era descobrir que alguma peça sacra fora roubada para ser vendida para colecionadores desonestos, que não se preocupavam em descobrir sua origem.

Ficaram juntos o dia inteiro e, no fim da tarde, voltaram para a pousada. Lucas tomara banho e tentara escolher uma roupa mais adequada em meio à bagunça da sua mochila. Acabou improvisando com uma bermuda um pouco mais comprida e logo se encontrou com Joia. Dona Violeta acompanhou-os.

— Vamos logo! — disse Joia. — Não é bom chegar muito tarde na casa deles.

— Casa? Como assim? A gente não vai no cemitério? — perguntou Lucas.

— Não, Lucas — disse Dona Violeta. — Tem gente que ainda segue umas tradições antigas por aqui. Algumas famílias gostam de fazê vigília a noite toda.

— Vigília? — interessou-se Lucas.

— Sim — continuou Joia. — A pessoa que morreu vai ficar onde era sua casa a noite toda. A família inteira fica lá até o dia seguinte quando, aí sim, levam o corpo para o cemitério e fazem o enterro.

Lucas nunca vira alguém morto e sentia um misto de curiosidade e medo quando chegaram na frente da loja onde tudo ocorreu, que também era a morada do velho, de Adriana e de seus pais.

Logo que chegaram, Dona Violeta se aproximou do caixão, fez o sinal da cruz e começou a rezar. Joia cumprimentou os pais de Adriana. Não demorou para o olhar de Lucas encontrar o da garota.

— Sinto muito — disse ele aproximando-se dela.

Adriana, que estava com os olhos vermelhos, agradeceu.

— Quer ver meu biso? — perguntou ela.

Lucas não tinha certeza se queria, mas deixou-se levar pela mão macia de Adriana, que o guiou pelo grupo de pessoas. A casa estava cheia.

Ao aproximar-se finalmente do caixão, Lucas pode vê-lo. Olhou-o como quem abrisse os olhos para ver as coisas aos poucos. Não gostou do que viu. O velho parecia estar dormindo. Suas mãos estavam com os dedos entrelaçados sobre o peito, segurando um crucifixo, e seu corpo estava coberto por flores. Ao olhar para aquelas mãos, Lucas temeu que tudo se repetisse, que o velho se levantasse dali e o agarrasse.

Adriana estava cabisbaixa. Lucas aguardou em silêncio e logo os dois jovens se afastaram para um outro lado da sala. Enquanto passavam por entre as pessoas, Lucas aproveitou para ver antigas fotos pelas paredes. Viu o velho com diferentes pessoas e deduziu que deveriam fazer parte das histórias que Dona Violeta lhe contara. Adriana estava em várias delas.

— Lucas, eu queria te pedir uma coisa — disse Adriana.

O rapaz estava pronto para atender a qualquer desejo da menina.

— Hoje, enquanto a gente procurava alguns documentos e uma roupa para o meu biso, eu encontrei um trem esquisito, que eu queria te mostrar — disse ela. — Agora eu estou muito confusa, mas acho que amanhã, depois do enterro, a gente pode conversar, se você puder. Acho que eu já vou estar melhor.

— Claro que eu posso — disse Lucas sem hesitar.

— Obrigada — respondeu ela. — Agora, vou ficar com a minha mãe.

Dizendo isso, Adriana se afastou. Lucas a seguiu com o olhar e deparou mais uma vez com o caixão, mas logo desviou a cabeça.

"O que será que você queria me dizer?", pensou Lucas enquanto olhava para uma foto do velho na parede que parecia encará-lo fixamente.

7 PÁGINAS DO TEMPO

A noite no velório não foi agradável para Lucas. Estar tão próximo do velho o incomodava. Após poucas horas, Joia o chamou para ir embora. Ao chegar na pousada, caiu em sono profundo e não teve pesadelos.

Na manhã seguinte, acordou sobressaltado com a luz do sol invadindo o quarto. Pulou da cama e trocou de roupa. Prometera para Adriana que iria ao enterro do velho e, logo mais, ela lhe mostraria o que encontrara.

Saiu do quarto e se dirigiu para o salão de refeições. Encontrou Dona Violeta conversando com os outros hóspedes. Cumprimentou-a e o que ela lhe contou em seguida não o deixou feliz. Ele já havia perdido o enterro. Tia Joia bem que tentara acordá-lo, mas não teve jeito; ele não despertou nem com as batidas na porta. Joia, então, resolveu deixá-lo descansar e foi sozinha para o féretro.

Lucas lamentou o ocorrido, mas agora não havia mais o que fazer. Tomou café rapidamente e, de um salto, já estava na rua.

Fazia outro dia muito bonito. Ele seguiu seu caminho até a loja, que ostentava uma plaquinha na porta onde se lia: FECHADO POR LUTO.

O rapaz procurou uma campainha e, como não a encontrou, bateu palmas.

— Olá! — disse Lucas quando Adriana abriu a porta. — Como você está?

A garota balançou a cabeça levemente, parecia estar vindo da lua.

— Desculpe não ter ido ao enterro — continuou ele. — É que eu...

— Eu sei — disse Adriana. — Sua tia me contou. Entre.

A casa estava vazia, poucas luzes acesas, somente o sol invadia algumas frestas da janela.

— Não tem ninguém — disse Adriana. — Meus pais foram acompanhar alguns parentes na rodoviária. Veio muita gente de fora que ia voltar ainda hoje mesmo. Eles vão ficar por lá até todos irem embora.

— Sinto muito por tudo o que aconteceu, Adriana. — comentou Lucas.

— Eu gostava muito do meu biso — respondeu a garota. — De vez em quando, ele me contava umas histórias do tempo que ele era moço, mas era muito raro.

— Isso é mais maluco ainda. Se ele quase não falava, o que ele teria para me dizer? Ele nem me conhecia — disse Lucas.

— E o jeito que ele olhou pra você... — completou Adriana. — Parecia até que ele tinha visto uma assombração — continuou ela. Lucas ficou feliz em saber que a garota também se lembrava daquele olhar esquisito.

— É, mas eu estou vivinho da silva!

Adriana sorriu. Lucas ficou satisfeito em ver a garota feliz.

— Me acompanha — convidou Adriana indo para o interior da casa. — Este era o quarto onde meu biso vivia — completou ela parando diante de uma porta. — Eu entrava muito pouco aqui. Nas raras vezes em que ele saía para a rua, a gente aproveitava para limpar. Ontem eu vim aqui e veja só o que eu achei!

Lucas ficou ansioso. Adriana se abaixou e puxou uma grande caixa que estava debaixo da cama.

— Nunca tinha visto isso aqui antes — disse ela, enquanto Lucas a ajudava a colocar a caixa em cima da cama. — Eu abri esta caixa para procurar alguns documentos e... Olha só o que tem dentro!

Adriana ergueu um livro antigo e o abriu procurando por uma página específica. As folhas eram muito velhas, algumas até estavam grudadas e precisavam ser manuseadas com muito cuidado.

— Veja só! — disse a garota apontando para a última página. — Você saberia me dizer o que é que o seu nome está fazendo aqui?

Parecia incrível, mas era verdade. O nome de Lucas estava realmente escrito naquela página.

— Espera aí — disse ele. — Aqui só está escrito "Lucas". Tem um monte de Lucas no mundo. Quem garante que esse aí sou eu mesmo?

— Mas você não acha que é muita coincidência? — completou Adriana.

— Como é que seu bisavô ia saber que o meu nome é Lucas? — mal disse isso o garoto se lembrou do que lhe con-

As folhas eram muito velhas, precisavam ser manuseadas com muito cuidado.

tara tia Joia na frente da igreja. — O que mais tem neste livro? — perguntou ele, disfarçando seu mal-estar.

— Figuras de todos os lugares importantes de Tiradentes, menos um...

— Qual? — interessou-se Lucas.

— A Matriz de Santo Antônio — disse a garota. — Meu biso nunca entrava nessa igreja — disse Adriana. — Acho que aconteceu alguma coisa com ele lá dentro — a garota, de repente, parou de falar.

— O que foi Adriana? — perguntou Lucas. — Você está bem?

— Estou — disse ela. — É que tem gente que pensava que meu avô era maluco por causa de umas coisas que ele fazia.

— O que ele fazia? — interessou-se Lucas.

— De vez em quando, ele ficava do lado de fora da Matriz gritando. Algumas pessoas até achavam engraçado. Diziam que era mania de um velho caduco. Mas ele não era doido. Nunca machucou ninguém. Sei que gostava muito de mim — Adriana chorou, e Lucas segurou a mão dela. A garota secou os olhos e voltou a folhear o livro como que procurando alguma coisa diferente, outras pistas.

No livro, que na verdade não passava de um amontoado de folhas de diversos tamanhos, cores e texturas, muitas palavras já estavam apagadas. Pelas páginas envelhecidas, rasgadas e amareladas viam-se contas, símbolos, datas, alguns nomes de pessoas, de fazendas e até uma menção ao rei de Portugal.

Entretanto, na última página, na última linha, a informação final era o nome "Lucas" escrito em letras trêmulas.

— Olha, você reparou nisto aqui? — apontou o garoto no livro. — Este nome gravado no rodapé das páginas. Ele aparece em quase todas: comendador Benjamim Antônio Ramalho. Quem foi ele?

— Eu já ouvi falar, mas sei muito pouco — respondeu a jovem. — Parece que ele foi um homem rico que viveu por aqui há muito tempo.

Lucas ficou curioso.

— Adriana, eu preciso descobrir o que o seu bisavô queria me dizer. Todo este mistério está me deixando louco.

— Eu também — respondeu ela. — Meu biso não iria guardar tudo isso, durante tanto tempo, se não fosse importante — concluiu a garota. — Mas o que a gente pode fazer?

— Vou seguir a única pista que você me deu — disse Lucas decidido. — Vou agora mesmo na Matriz de Santo Antônio!

8 ***NOMES ETERNOS***

Os jovens estavam sem fôlego quando chegaram à entrada da igreja. Lucas pensara em fazer sua investigação sozinho, achava que Adriana não estaria em condições de começar junto com ele a desvendar aquela história, mas a garota também estava muito curiosa e não pretendia ficar sozinha na loja, que, de qualquer maneira, já estava até fechada.

"Temos que achar uma pista", pensavam os dois.

Aproximaram-se da porta lateral e a abriram com cuidado.

— Parece que não tem ninguém — disse Adriana feliz por seguir aquela pista deixada por seu bisavô.

— Talvez tia Joia esteja aí dentro — respondeu Lucas. — Vamos entrar.

Nenhum sinal de vida. A igreja estava realmente vazia.

— Agora só temos que procurar — disse Lucas.

— Procurar o quê? — comentou Adriana.

— Você disse que acha que aconteceu alguma coisa com o seu bisavô aqui dentro. Se ele não contou nada para ninguém, nós temos que descobrir sozinhos — argumentou Lucas. — De quem são esses nomes escritos aqui no chão?

— Antigamente eles sepultavam as pessoas dentro da igreja. Era muito comum — respondeu Adriana. — Esses nomes gravados são eternos. Vão ficar aqui para sempre. São das pessoas que foram enterradas e depois... — subitamente a garota parou de falar.

— O que foi Adriana?

— Olha aqui, rápido — chamou ela.

Lucas abaixou-se para ler um nome gravado em um pedaço de madeira.

— Comendador Benjamim Antônio Ramalho... — espantou-se ele. — É o nome daquele homem do livro.

— Então ele está enterrado aqui dentro. Este é o seu túmulo — disse Adriana.

— Queria tanto saber mais sobre ele — completou Lucas.

Um brilho surgiu nos olhos de Adriana.

— Acho que tem um jeito. Vamos embora daqui — disse ela.

Os dois saíram da igreja e foram andando pelas vielas estreitas. Lucas ia observando tudo atentamente. Passaram por uma das capelinhas que lhe chamou a atenção quando chegou à cidade.

— Adriana, o que são essas capelinhas tão pequenas? — perguntou o rapaz.

— São os passos — respondeu ela. — Os passos de Jesus, a Via-Crúcis — continuou a garota. — Eles representam a paixão de Cristo. Na Semana Santa acontece uma procissão que passa na frente de cada uma dessas capelinhas. Na procissão, forma-se um corredor de gente na rua e o corpo de Cristo é carregado pelo meio. Todo mundo caminha em silêncio segurando uma vela. É tudo muito bonito — completou Adriana parando na frente de um imenso sobrado. — Veja, é aqui! A casa do Padre Toledo.

— E como é que um padre vai poder nos ajudar? Será que ele deixa a gente entrar na casa dele? — perguntou Lucas.

— Ele não mora mais aí... Há muito tempo — sorriu Adriana.

— E onde ele vive agora?

— Acho que bem perto daquele comendador. Ele morreu há muitos anos. Esta casa é agora um museu — explicou a garota.

— Também não sou obrigado a saber tudo! — disse o rapaz, envergonhado.

— O Padre Toledo foi uma das pessoas mais importantes no período da Inconfidência Mineira. Dizem que foi nesta casa que ocorreu a primeira reunião dos inconfidentes — explicou Adriana.

— Quer dizer que Tiradentes esteve aí dentro? — espantou-se Lucas.

— É muito provável — respondeu ela. — Vamos entrar, venha!

Lucas estava acostumado a ler sobre o passado nos livros de história, mas aquela era a primeira vez em que pisava no local de um fato histórico. Era emocionante pisar no mesmo chão onde tanta coisa importante tinha acontecido.

— E o que a gente vai encontrar neste lugar? — perguntou Lucas

— Aqui tem um monte de coisa desde o tempo em que o Brasil ainda era colônia. Eles devem ter algum registro dos antigos habitantes da cidade.

— O nosso comendador — concluiu Lucas exaltado.

— Isso mesmo — completou Adriana.

Entraram e um atendente lhes mostrou alguns livros de registros antigos que poderiam ser consultados. Adriana percorreu as páginas até o ano de 1789.

— Pronto — disse ela. — Essa era a data que estava no livro do meu biso.

— E o que mais temos aí? — perguntou Lucas.

Não havia muita coisa. Alguns registros de nascimento, mortes, compra e venda de mercadorias, inclusive escravos.

"Era um absurdo", pensou Lucas. "Vendiam e compravam gente como se fossem animais."

O que mais encontraram foram números que provavam que havia muito ouro em toda aquela região.

— Veja só — disse Adriana. — Quantas minas existiam por aqui! Parece que escavaram toda a região e peneiraram todo o rio. Por isso que não sobrou nada.

— É verdade! — completou Lucas. — Eles bem que podiam ter deixado um pouquinho para a gente, não é mesmo?

O nome do comendador aparecia em alguns documentos e isso os deixara muito contentes. Decidiram olhar cada página do livro com atenção. Estavam com a esperança de encontrar alguma informação que os ajudasse a resolver aquele mistério.

9 O SONHO E A REALIDADE

Ficaram no museu até a hora do fechamento, lendo e relendo os livros. Não encontraram nada além de registros de compra, venda e pagamento de impostos. A grande vantagem foi que Lucas pôde ficar o dia inteiro junto da garota. Depois das pesquisas ficaram andando pela cidade e nem viram o tempo passar. Sentaram-se em uma cafeteria e comeram bolo. Adriana lhe contou um pouco da sua vida. Lucas adorou descobrir que ela não tinha namorado.

Já eram quase nove horas quando o rapaz deixou Adriana em sua casa e voltou para a pousada.

— Sua tia dexô um bilhete procê. Tá lá em cima da sua cama — disse Dona Violeta ao vê-lo entrar. — Ela queria te vê, mas eu não sabia dizê pra onde ocê tinha ido. Sua mãe também te ligô.

Lucas foi direto para o telefone. Ao se completar a ligação, ouviu a voz da mãe que mostrava preocupação. Acabou ouvindo as mesmas recomendações de sempre. Por fim, a mãe terminou lhe mandando um beijo cheio de saudade.

Lucas pôs o telefone no gancho e disse boa-noite a Dona Violeta, que insistia para que ele jantasse. Lucas explicou que comera na rua e dirigiu-se ao seu quarto. Entrou, viu o bilhete sobre sua cama e o abriu.

Querido Lucas

Onde você passou o dia inteiro? Não suma sem me avisar. Mais louca do que eu fica sua mãe se não tiver notícias suas.

Surgiu uma emergência em São João del Rey e tive que ir para lá correndo.

Se precisar de mim é só me procurar. Aproveite para vir de Maria-Fumaça. O caminho é muito bonito e a viagem só dura vinte minutos.

Um beijo da tia Joia.

Logo abaixo havia um endereço onde Lucas poderia encontrá-la se precisasse. São João del Rey era mesmo uma cidade muito próxima.

"Talvez ela pudesse me dizer alguma coisa sobre o comendador", pensou ele enquanto guardava o bilhete.

O dia fora muito agitado. Lucas caiu na cama. Nem trocou de roupa. Só queria descansar um pouco, depois se levantaria, tomaria um banho, mas logo veio o sono e, com ele, a música.

— Ah, não. De novo, não! — levantou-se como que se rebelasse contra aquela situação. Perdera a paciência com aqueles pesadelos e desejava que findassem.

Dessa vez, porém, havia alguma coisa diferente. Embora estivesse acordado e já de pé, continuava a ouvir a música.

Olhou para o relógio. Duas da manhã! Dormira mesmo um pouco, afinal.

Não era possível que alguém tocasse aquela música tão alta àquela hora da madrugada. Olhou pela fresta da janela e viu que ainda estava muito escuro.

Beliscou-se com força. Doeu. Sim, estava realmente acordado.

"Como é que ninguém manda parar este som?", pensou ele. Abriu a porta do seu quarto e foi para o corredor. Não havia ninguém. Será que os outros turistas estavam conseguindo dormir daquele jeito? A música não parava.

"Não é possível que ninguém mais tenha acordado", pensava o rapaz enquanto caminhava até a porta da rua. "Será que ninguém mais está ouvindo?"

"Vem da Matriz!" Lucas chegou na porta da pensão, que ficava sempre aberta. Foi para a rua. Seguiu a música. Tudo estava vazio. Só via alguns cachorros dormindo nas soleiras das portas.

Estava chegando na frente da igreja. A música ficava cada vez mais forte, entretanto não o incomodava mais. Agora, parecia suave, calma. No meio da madrugada, sozinho na praça, a música era tranquila.

"Mas que coisa!", pensou ele. "Cadê todo mundo? Não é possível que só eu esteja ouvindo esta música!"

De repente, pela primeira vez, sentiu medo. Era o seu pesadelo, agora tinha consciência disso. A única diferença era que estava acordado.

Subiu a escadaria e, ao ver a Matriz, teve certeza de que o som vinha de dentro dela. Caminhou lentamente até a entrada lateral, como que hipnotizado, empurrou a porta e entrou.

A música cessou como num passe de mágica.

"Ah, não. Não é possível. Tem alguém aqui brincando comigo."

A igreja estava totalmente vazia. O órgão, em silêncio.

"Talvez tenha alguém escondido lá em cima." Dirigiu-se então para a escada que iria levá-lo até o órgão quando, de repente, passou ao lado do túmulo do comendador.

Foi então que seu corpo tremeu. Sentiu que havia alguém ao seu lado e uma estranha voz o chamou:

— Procuras alguma coisa?

10 *LUZES QUE SE MOVEM*

Lucas não identificou o dono da voz. Ninguém estava lá. Não era possível. Ele tinha certeza de que ouvira uma voz exatamente ao seu lado.

— Quem está aí? — gritou ele. — Vamos, responda. Onde está você? — o sujeito tinha que aparecer. — O que quer de mim? — insistiu Lucas mais uma vez.

— Queres falar comigo? — disse a voz novamente. — Estou aqui! Atrás de ti!

Lucas virou-se com cautela. Não pretendia conseguir enxergar muita coisa, tamanha era a escuridão, mas, ao virar-se, qual foi sua surpresa ao ver um vulto iluminado e transparente sentado no fundo da igreja.

— Vem até aqui! Podes vir, não tenhas medo — continuou o estranho ser.

Lucas andou em direção a ele. Quanto mais se aproximava, mais o ser ia tomando forma. Era um homem. Ou pelo menos tinha a forma de um homem. Lucas estava receoso; manteve certa distância. Não entendia o que estava acontecendo. Primeiro a música, agora aquela imagem. Alguém poderia estar brincando com ele, parecia até a projeção de uma hologravura. Talvez fosse um truque, um efeito especial.

— Quem ou o que é você? O que quer de mim? — perguntou o rapaz.

— Calma, Lucas! Ficarás sabendo de tudo — respondeu a figura.

— Como é que você sabe meu nome?

— Eu sei de muitas coisas — continuou ele. — O teu nome é só uma delas.

— E quem é você?

— Eu? Bem... Não te vá assustar, por favor. Não te desejo fazer nenhum mal. Eu sou o comendador Benjamim António Ramalho.

Lucas quase riu. Só podia ser brincadeira. Procurou pela luz de algum projetor, mas não conseguia ver nada. O estranho ser continuou.

— Ou melhor... Fui... Ou sou... Enfim... Penso que as pessoas diriam que eu sou... — de repente ele parou de falar. — Um fantasma!

Lucas começou a rir de verdade.

— Ora, tenha paciência. Tia Joia, pode aparecer! Já chega de brincadeira. — Lucas achou tudo muito interessante. Quem mais poderia ter feito aquilo afinal de contas? Sua tia sabia da música, de seus sonhos, e de tudo mais. Talvez até Adriana tivesse dito a ela das pesquisas que fizeram. Por isso, tia Joia teria sumido pela tarde para preparar aquela surpresa. — Ande, tia, quero saber como fez tudo isso!

O ser não se alterou. Continuava olhando para Lucas tranquilamente.

— Quem ou o que é você? O que quer de mim?

— Bem... Eu imaginava que isso pudesse acontecer — comentou a figura. — Já percebi que nos dias de hoje ninguém acredita em mais nada. Agora pensam que tudo é invenção. Mas, veja; achas que uma invenção poderia fazer isto?

O ser ergueu-se lentamente até atingir o topo da igreja. Começou a dar voltas na abóbada e foi direto para o coro. Sentou-se então à frente do órgão, e, sem erguer a tampa, começou a tocar a música que Lucas tão bem conhecia.

— Sobe aqui! — gritou ele. — A escadaria é aí do lado. Eu sei que não podes voar! — riu-se em seguida.

O garoto dirigiu-se para a escada ainda procurando por algum projetor escondido. Nada achou.

— Acreditas agora que sou um fantasma? — perguntou o comendador. — Eu não aprecio essa palavra. É muito assustadora, mas creio que é o meio mais fácil para que entendas o que sou.

Lucas ainda não podia acreditar. Aquela figura que falava de maneira tão empolada parecia realmente uma daquelas animações de cinema. Se fosse uma holograviura, seria das melhores. Agora, se fosse mesmo um fantasma, talvez devesse fugir dali imediatamente.

— Mas podes ficar tranquilo que não te quero assustar — explicou o ser.

— O que você quer de mim, então? — perguntou Lucas, tentando disfarçar o medo que sentia. Seria perigoso estar ali sozinho com aquele ser?

As palavras do velho surgiram em sua cabeça: "Ele vai querer que você...".

Querer o quê? O velho morreu antes de lhe contar. Teria alguma coisa que ver com o fantasma? Provavelmente.

— Quero apenas teu precioso auxílio — disse o ser.

— Mas como é que eu posso ajudar? — espantou-se Lucas.

— A minha história é muito antiga. Poucas pessoas sabem que eu existo — continuou o fantasma.

"O velho sabia?", perguntou-se Lucas.

Embora fosse mesmo transparente, podia-se ver todo o contorno do fantasma: pés, braços, cabeça, barba e bigode. Até mesmo sua roupa. Era uma roupa muito bonita, de gala. Parecia um personagem dos livros de história.

— Primeiro, só quero que me escutes — continuou o fantasma posicionando-se um pouco acima do órgão. — Afinal, tu não querias mesmo saber quem eu sou? Eu te vi aqui hoje com aquela mocinha.

O rapaz ficou interessado. O ser tinha razão. Lucas queria mesmo saber quem era o comendador. Ali estava a oportunidade. O fantasma não parecia querer ameaçá-lo, ficava distante, e Lucas também continuava um pouco longe.

"E depois, oras!", pensou o rapaz, enquanto verificava com os olhos se a porta por onde entrou ainda estava aberta para o caso de ter que fugir dali rapidamente. "Que diabo de história é esta que um fantasma poderia querer me contar? Já que estava ali mesmo, iria ouvir tudo até o fim."

— E, quando eu terminar de contar o sucedido, dir-me-ás se digno sou de teu obséquio...

11 *1789 – SÃO JOSÉ DEL REY*

A primeira cousa da qual me lembro foi o dia em que mandei punir um escravo. Ele já estava no tronco havia dois dias e sofria muito. Às vezes, seu gemido ecoava por toda a fazenda, principalmente durante as noites frias. Mas aquilo não me incomodava, dava-me até prazer. Sentia que o castigo funcionava.

Ninguém o podia ajudar. Quem se atrevesse, levaria um castigo muito pior. Minhas ordens haviam sido muito claras:

— Quero que ele pague pelo seu crime diante de todos! — minha voz sempre andava carregada de muito ódio. — Que sir-

va de exemplo. Quem tentar seguir o caminho dele vai acabar aqui... No tronco.

O capataz seguiu minhas ordens à risca. Todos conheciam meu poder. Eu era um dos senhores mais prósperos da pequena cidade de São José del Rey.

— Ele deve morrer bem lentamente — gritava eu. — Deve viver o suficiente para que ninguém esqueça este castigo.

Tamanho era o sofrimento do escravo que ele nem se lembrava de seu crime: o sonho da liberdade!

Ele fora pego pelo meu capataz ao roubar pequenas pepitas de ouro enquanto trabalhava. Pretendia comprar sua carta de alforria. Queria ser livre.

O capataz, que estava sempre atento, não hesitou em delatá-lo quando descobriu o que sucedia. Hoje até desconfio de que o maldito também me roubava, tirava dos escravos para si próprio.

Foram seis dias de intenso sofrimento. No sétimo, o escravo morreu.

— Que isto sirva de exemplo a todos! — gritei eu, muito contente. — Que ninguém, nunca, tente roubar-me outra vez!

Surpreendi-me muito quando uma das escravas pôs-se a gritar contra mim. Era a mãe do escravo que acabara de morrer.

— Sinhozinho, não carecia de tê feito isto! Não precisava tê matado ele, não.

Assombrou-me tanto que alguém tivesse a coragem de se dirigir a mim daquela maneira que até quis ouvir o que ela tinha a dizer.

— Teve o que mereceu! — gritei eu. — E é um bom exemplo.

— O sinhozinho é muito ruim. Nunca há di tê sossego na vida.

— Cala-te, velha. Tirem-na da minha frente — ouvindo isso, meu capataz a empurrou com muita força e a velha acabou caindo no chão. Os outros foram acudi-la, o que me irritou ainda mais.

— Eu não perdoo o sinhô di jeito nenhum. Ninguém nunca vai gostá do sinhô. Tomara que meu filho e Deus perdoe o sinhô. Eu não vou perdoá nunca. Di meus oio tão saindo água pe-

lo meu fio, mas pelo sinhô ninguém há di chorá nunca, porque ninguém pode amá gente tão ruim.

— E eu porventura careço de teu perdão? Dar-te-ei um motivo para chorares de verdade! — acertei-a com duas chicotadas, e a velha desmaiou. Eu não era homem de me incomodar com maldições de velhos escravos.

Fiquei mais nervoso ainda depois daquilo e resolvi também punir todos os outros escravos. Exigi que a produção de ouro fosse dobrada. Para isso, forcei-os a garimpar dias e dias seguidos sem descanso.

Quanto mais contrariado, mais tirano me tornava. Certa feita, um episódio fez tremer toda a fazenda.

Eu padecia de uma terrível dor de dente. Cada vez que tinha uma crise, destruía tudo que via pela frente: castigava os escravos e maltratava meus animais, até mesmo o pobre do meu cavalo.

— Chamai alguém! Preciso que finde esta dor!

Foi então que resolveram chamar o "tira-dentes" da cidade, que veio rapidamente me atender.

Quem pôde ficar por perto me viu sentir medo pela primeira vez. O boticão daquele "tira-dentes" parecia ser muito cruel. Pior do que os usados para castigar os escravos. Tamanho era o meu temor, que resolvi fazer um experimento.

— Capataz! Traz um escravo aqui. Qualquer um, imediatamente.

O capataz pegou então o primeiro que encontrou pela frente. Um pobre rapaz que mal acabara de entrar na mocidade.

— "Tira-dentes"! Arranca um dente deste infeliz. Quero ver como é que tu fazes primeiro.

O "tira-dentes" sentiu pena do escravo, mas teve que cumprir minha ordem. Pediu que segurassem o coitado e enfiou o instrumento em sua boca.

Tenho certeza de que o "tira-dentes" me enganou. Deve ter arrancado um dente mole do escravo pois este pareceu não sentir dor alguma. Fiquei aliviado e o autorizei a repetir o procedimento comigo. Mesmo assim, ainda fiz uma ameaça.

— Mas, vê bem! Se doer em mim mais do que naquele escravo, sou bem capaz de enforcar-te e arrancar-te a cabeça.

O "tira-dentes" aproximou-se, enfiou o instrumento na minha boca e, com força, arrancou o dente enfermo. Meu grito de dor foi ouvido por toda a fazenda.

Ao ver a cena, o capataz mandou o "tira-dentes" desaparecer num átimo se não quisesse ser morto. Se eu o tivesse pego naquele momento eu o teria realmente trucidado.

O "tira-dentes" juntou seus pertences e foi-se embora. Saiu em segurança, pois sabia que todos iriam precisar, algum dia, de seus serviços. Até mesmo eu, que me achava imbatível. Todo mundo na cidade o conhecia. Nascera numa fazenda próxima, que tinha o nome de Fazenda do Pombal. Já fazia até carreira militar e pensava em abandonar aquele trabalho algum dia. Jamais pensei que ele fosse ficar tão famoso, aquele "tira-dentes".

Quanto a mim, custei a me recompor. Todavia, quando isso aconteceu, saí chicoteando qualquer um que aparecesse na minha frente.

— Nossa! — disse Lucas, lembrando-se de que ficara revoltado ao ver nos livros da casa do Padre Toledo registros sobre o comércio de escravos. — Como é que você tinha coragem de fazer tanto mal para as pessoas? — acusou Lucas.

— Naquela época, eu não me sentia pérfido. Achava-me superior a todos. Com o tempo, fui percebendo a gravidade de meus erros. Era normal tratar os escravos daquele jeito. Se não agisse daquela maneira eu nunca teria conseguido nada, todos teriam me roubado.

— E o que foi que você conseguiu agindo daquele jeito? — indignou-se Lucas.

De repente o fantasma ficou quieto.

— O que foi? — perguntou Lucas com medo. Talvez tivesse irritado o fantasma e não sabia do que ele seria capaz.

— O pior ainda estava para acontecer...

12 UMA NOITE VIOLENTA

Lucas sentira medo quando desafiara o fantasma. Entretanto, o ser não parecia nervoso, e logo continuou sua história.

Nos dias que se seguiram, eu conversava frequentemente com meu amigo e parceiro em negócios escusos, Tomáz de Camargo.

— Com mil diabos! — eu blasfemava. — Não aguento mais pagar impostos!

— Exatamente! — concordava Tomáz. — Devem pensar que temos rios de ouro. Eles não fazem ideia do trabalho e das despesas necessárias para extrair o pouco ouro que nos resta. Não respeitam nem a ti, que és "comendador" — disse ele com deboche.

Na verdade, eu não tinha direito ao título de comendador. Eu o tomara emprestado de um velho senhor com quem eu negociava no Rio de Janeiro. Achava que esse título impunha respeito.

Eu e Tomáz sentíamos saudades do tempo em que tropeçávamos em ouro por toda São José del Rey. Agora, como as minas tinham sido exaustivamente exploradas e o ouro rareava, considerávamo-nos vítimas de Portugal.

— O ouro a se esgotar, e os impostos a subir. Assim não pode ser! — reclamava eu. — Meus custos só aumentam. Esta semana ainda tive que punir um escravo. Acreditas que um escravo maldito estava furtando meu ouro?

— Como se não bastasse Portugal! — completou Tomáz. — Também já tive um caso desse. Bem... Ouvi dizer que algo sucede em Vila Rica.

— O quê? — perguntei.

— Muitos outros senhores também estão irritados com a possível derrama, esse maldito decreto do rei que vai tomar todo nosso ouro. Ninguém sabe quando ocorrerá, mas parece que al-

guns inconformados estão se reunindo para fazer uma grande revolta assim que for declarada a tal da derrama.

"Qualquer cousa que façam para proteger o meu ouro vai me deixar muito feliz", pensava eu. Na verdade, eu não queria tomar parte de nenhuma confusão, queria apenas proteger o meu ouro. Se alguns morressem com essa finalidade e eu escapasse rico e com vida, tanto melhor. Queria tão somente o meu benefício.

Eu e Tomáz de Camargo sempre terminávamos nossas conversas com muito vinho, invariavelmente ficávamos bêbados. Só então eu voltava para casa.

A minha chegada era sempre temida por minha esposa, Maria Eugênia, e por nossas duas filhas, Helena e Cândida.

Eu sabia que Maria Eugênia sempre rezava quando eu demorava a chegar. Ao ouvir meus passos, corria para o oratório. Temia meu mau gênio e fazia o possível para proteger nossas filhas.

— Vem mulher! Arranca minhas botas — ordenava eu.

Ela obedecia e tirava-me as botas. Isso lhe custava sempre muito esforço.

— Sua maldita! Até uma escrava é capaz de fazer isso melhor do que tu. Não me arranques os pés! — gritava eu, empurrando-a.

Irritava-me à toa. Parecia um sandeu, via cousas que não existiam. Eu achava que tudo era consequência do meu medo de perder ouro para quem quer que fosse: escravos ladrões, Portugal, até mesmo para minha família. Se suspeitasse que algum de meus pertences sumira, minha fúria aumentava.

Certa vez, sentira falta de um objeto especial de estimação.

— Onde está minha pedra? — gritei.

— Eu não sei — respondeu Maria Eugênia. — Estava aqui hoje pela manhã.

Não queria saber de desculpas. Ordenei-lhe que a encontrasse: uma grande pepita de ouro que eu mesmo encontrara e que usava como peso de papel.

— Eu vou procurar. Só um minuto — apressava-se a mulher.

Naquela noite saí enlouquecido pelo corredor, tropeçando e gritando em direção ao quarto das nossas filhas.

— Vós pegastes minha pedra?

Ergui a mão para bater em Helena quando... de repente...

— Não, papai — gritou Helena, tentando proteger a irmã menor.

Lembro do olhar de terror das meninas. Sabiam que eu ia bater nelas e quebrar tudo até me acalmar.

— Agora ireis ver... Ninguém toca no que me pertence... Ninguém!

Ergui então a mão para bater em Helena quando... de repente...

— O que foi? O que aconteceu? — perguntou Lucas.

Após um longo silêncio ele disse:

— Eu morri. Todo meu ódio, minhas bebedeiras, minhas preocupações e minha maldade fizeram parar meu coração. Era uma noite de lua cheia.

"A lua cheia dos meus sonhos", pensou Lucas.

Quanto mais ouvia a história do comendador, mais Lucas se perguntava: "Mas como é que eu posso ajudar este fantasma?".

13 **A PRISÃO DOURADA**

— Ninguém foi ao meu enterro — continuou o fantasma. — Trouxeram-me para o interior desta igreja e não apareceu vivalma para velar o meu corpo.

Lucas não sabia o que dizer.

— Minha mulher e minhas filhas ficaram aliviadas quando eu morri — disse ele, encarando Lucas novamente. — Sentiram-se livres.

— Sinto muito! — disse Lucas.

— Até os escravos ficaram felizes. Festejaram a noite toda — disse o fantasma, enquanto Lucas tentava visualizar o resto da história que ele continuou.

Não havia ninguém na igreja naquele momento. Todos se afastaram de mim. Parecia até que eu assustava mais do que quando vivo.

Tentaram impedir que eu fosse enterrado dentro da igreja, mas foram a isso obrigados, pois eu havia colaborado bastante com a Ordem Religiosa em outros tempos. Acreditava eu que, ajudando a igreja, minha alma estaria salva e eu iria para o Paraíso. Era o costume da época. Até exigi ser enterrado perto do altar.

— Foi tão arrogante e agora está aí! — disse o coveiro enquanto me sepultava. — Preso para sempre no chão.

Senti tanta raiva do coveiro que tentei esmurrá-lo, mas ele não percebia nada. Estive o tempo todo à espreita, sem entender o que sucedia.

Minha primeira noite como fantasma foi terrível. Eu não sabia que havia morrido. Tinha a impressão de que sonhava.

— Como puderam me enterrar com meu ouro? — vociferava.

Meu desejo era sair da igreja e ir atrás de Maria Eugênia, minhas filhas, meu capataz, qualquer um que pudesse me explicar o que estava acontecendo, mas, quando vi que meu corpo iria ficar ali, desprotegido, resolvi manter guarda. Temi que alguém tentasse roubar o meu ouro.

"Alguém tem de aparecer", pensei.

Foi assim minha primeira noite na igreja. Vaguei até o amanhecer quando, finalmente, decidi que iria sair e obrigar que me levassem de volta para casa.

Olhei para o meu corpo e concluí que ninguém tentaria me roubar ali dentro. Pela primeira vez, comecei a achar que realmente havia algo de errado. Como eu conseguia olhar através das cousas? Por que ninguém me via? Reparei que eu andava sem pisar no chão e, quando tentava tocar alguma cousa, minha mão trespassava o objeto. Eu não sabia ainda que era um fantasma.

Caminhei em direção à saída. Pus para fora o que eu julgava ser meu pé e, imediatamente, fui tragado de volta para a igreja, como se algo me puxasse. Tentei novamente, mas não consegui. Então, ouvi uma voz.

— Não adianta, desista! — disse a voz.

— Quem está aí? Aparece, eu te ordeno! — gritei, procurando pelo dono da voz.

— Não precisa ordená! — disse a voz. — Aqui estô!

Não acreditei no que vi. Era o escravo que me roubou e que eu mandara torturar até a morte. Fiquei muito nervoso. Ele estava dentro da igreja e, naquela época, um escravo não podia entrar na mesma igreja que seus senhores.

— O que estais a fazer cá dentro? Quem deu ordem para entrares?

— Não si incomode, não. Eu saio si o sinhozinho qué — dito isso, o escravo saiu da igreja. Fiquei impressionado que ele tivesse conseguido aquilo. Tentei imediatamente segui-lo, mas novamente fui atraído para o interior da igreja.

— O que está acontecendo? Tu morreste. Não poderias estar aqui — gritei.

— O sinhozinho também tá morto! — sorriu ele.— E agora vai ficá sempre juntinho do seu bem mais precioso.

Não podia crer que um escravo ousasse falar comigo daquele jeito.

— Seu ouro, tudo o que o sinhozinho pagô pra ficá aí dentro. Agora, nada mais justo que seu desejo seja atendido.

— Que desejo, eu nunca pedi nada.

— Vá lá, olhe no seu bolso e veja o que tem lá dentro.

Não precisei voltar, eu já sabia o que havia dentro do meu bolso. Então era aquilo! Naquele instante, entendi tudo o que acontecera. Eu estava morto, nada poderia mudar aquela situação. Desesperei-me.

— Seu ouro, tudo pelo que lutô na vida, o sinhozinho e ele vão ficá junto pra sempre agora — disse o escravo, quando eu consegui me controlar um pouco.

— Mas, se estou morto, eu não deveria estar aqui — insisti. — Eu paguei para ir ao Paraíso, eu ajudei a construir esta igreja.

— Este é o seu Paraíso — disse ele. — Tudo que ama, tudo que mais protegeu na vida tá aqui. Todo o seu ouro.

A lembrança do que estava no meu bolso voltou à minha mente. Era como se aquilo me esclarecesse tudo.

— Agora eu tenho que ir — disse o escravo. — Tô aqui somente porque foi o último desejo de minha mãe.

— Tua mãe? — indaguei.

— Sim — continuou o escravo. — O sinhozinho matô ela depois que eu morri!

Lembrei-me da velha escrava. Então ela também havia morrido, não devia ter suportado o golpe que lhe conferira. Logo surgiram em minha mente suas últimas palavras: "Di meus oio tão saindo água pelo meu fio, mas pelo sinhô ninguém há di chorá nunca porque ninguém pode amá gente tão ruim".

— Vim atendê o último pedido de minha mãe — disse o escravo. — Antes de morrê, ela desejô que eu perdoasse o sinhozinho, que eu não guardasse nenhum ódio, e eu vim fazê isto. Só tem uma cousa que eu não posso fazê.

— O quê? — perguntei.

— Chorá pelo sinhozinho.

— E por que eu iria querer que um escravo chorasse por mim?

— Lembre-se apenas de que alguém chorou por mim! — disse o escravo. — Agora tenho que ir embora, já fiz o que tinha que fazê.

— Ir para onde?— perguntei eu. — Por favor, não me deixes... Não me deixes sozinho — sentia medo e vergonha de sentir fraqueza diante de um escravo.

— Seu lugá agora é aqui. Não posso ajudá, não. Assombrará teu tesouro por toda a eternidade. Só mesmo o sinhozinho poderá se ajudá.

— O quê? O que é que tinha no seu bolso? Como é que você poderia se ajudar? — Lucas disparou a fazer perguntas como se fosse uma metralhadora.

— É agora que eu preciso de ti, meu jovem! — iniciou o fantasma.— Tu conheces toda a minha história! Ninguém sabe que eu realmente existo — continuou o comendador. — Todos pensam que sou uma lenda. Mas estou aqui, podes acreditar. Tu não vais pensar depois que eu fui apenas um sonho. Estarei aqui sempre que quiseres falar comigo. Eu só quero uma coisa, uma única coisa.

— O quê? — perguntou Lucas.

— Fazer-te um pedido!

14 **A LENDA DO FANTASMA**

O sol havia nascido há poucas horas. A cidade de Tiradentes já começava a ganhar vida. Tudo deveria estar em ordem para o momento em que os ônibus com turistas chegassem: lojas e museus abertos, restaurantes funcionando.

Os charreteiros se preparavam para ocupar um bom lugar nas ruas.

Joaquim, logo cedo, já estava de pé e cumprira algumas de suas obrigações antes de ir para o trabalho. Faltava apenas uma: levar o Sultão para beber água na fonte que ficava atrás da Matriz de Santo Antônio.

— Ôôoooo! — disse ele, interrompendo o trote do cavalo. — Pelo jeito hoje vai esquentar bastante.

Pela manhã, Joaquim só tinha um pensamento: Quantos turistas iriam chegar naquele dia? Sempre tinha esperança de dar vários passeios e ganhar um bom dinheiro. Orgulhava-se de saber quase tudo da cidade. Tivera aulas com os padres e alguns historiadores e sabia descrever os principais acontecimentos.

Todo o dinheiro que ganhava ia direto para a mão da sua mãe, junto de quem vivia, com cinco irmãos, e era fundamental para ajudar com as despesas da casa. Desde sempre o menino trabalhava e sonhava em melhorar de vida.

— Vamos, Sultão. Vamos trabalhar — disse, ajeitando o penacho do cavalo.

Sempre havia algumas pessoas pelas ruas naquele horário. Pelo seu caminho, Joaquim cumprimentava o homem da padaria, algumas senhoras, outros charreteiros, Lucas...

— Lucas! — disse ele em voz alta. Achou muito estranho quando viu Lucas acordado àquela hora da manhã. Mais estranho ainda era vê-lo saindo da Matriz. "O que será que ele está fazendo por ali?". Tocou a charrete e logo estava ao lado do rapaz, que parecia não ter dormido a noite inteira.

Lucas estava com o pensamento distante. "Tu não vais pensar depois que eu fui apenas um sonho." Lembrava-se dessa frase do fantasma claramente.

A luz do sol o cegava um pouco. Estava cansado e com sono. A longa noite e as histórias que ouvira ainda o deixavam atordoado.

Olhou para trás e viu a igreja. Sim, não era mesmo um sonho! Pôde ver o fantasma olhando-o pela janela, perdido, esperançoso.

— Que pedido ele me fez! — pensou Lucas sonolento.

— Oi, Lucas! Acorde — insistiu o charreteiro.

Lucas virou-se para o lado e quase deu um encontrão no cavalo.

— O que foi? O que está fazendo aqui a esta hora? — insistiu Joaquim.

Lucas ainda não conseguia atinar muito bem com o que estava acontecendo. Queria ir para casa dormir.

— Sobe aqui que te dou uma carona — disse Joaquim. — Estou indo para o seu lado mesmo!

Lucas aceitou o convite e logo estava chacoalhando em cima da charrete.

— O que você tava fazendo na igreja a esta hora da manhã?

— Eu... eu... bem... — Lucas não sabia o que dizer. Se dissesse o que havia acontecido, com certeza o garoto pensaria que ele enlouquecera. — Eu perdi o sono esta noite e fiquei andando por aí.

— É, mas saiba que não é muito bom ficar perto da igreja à noite. O fantasma não gosta — disse o charreteiro.

— Fantasma? Que fantasma? — impressionou-se Lucas.

— Tá vendo!? Ficou assustado! — riu-se Joaquim. — É que existe uma lenda que diz que um fantasma assombra ali dentro.

— E por que você não me contou antes? — perguntou Lucas.

— Se você já tivesse saído na minha charrete estaria sabendo de um monte de histórias, uai, inclusive essa. Pronto, chegamos!

Lucas desceu da charrete pensando que talvez fosse mesmo uma boa ideia que as pessoas achassem que se tratava somente de uma lenda.

— Quem sabe se não era o fantasma que não deixava o velho José entrar na Igreja? — disse Joaquim rindo enquanto tocava o Sultão em frente.

Lucas havia se esquecido do velho. Talvez Joaquim tivesse razão. E se fosse verdade? Por que o fantasma não deixaria o velho entrar na igreja?

"Afinal, o que o velho teria tentado me contar?", pensou Lucas quando entrou na pousada. Tinha que decidir se faria ou não o que o fantasma lhe pedira.

Só precisava ter coragem... muita coragem.

15 *PEDRAS QUE FALAM*

Lucas dormiu tranquilamente durante toda a manhã. Não ouviu nenhuma música nem teve pesadelo.

Ao acordar, no início da tarde, foi logo recebendo os recados. Tinha que ligar para a mãe e falar com a tia, que já estava de volta a Tiradentes. Todas estavam querendo saber onde ele tinha passado a noite. Disse para Dona Violeta que estava tudo bem e foi logo para a rua em direção à loja de Adriana; precisava vê-la novamente.

— Tudo bem? Está se sentindo melhor? — perguntou ele ao encontrar com a garota parada na porta da loja.

— Estou melhorando — respondeu ela, abrindo um sorriso.

O sorriso da menina fez com que Lucas estendesse os braços e a abraçasse. A garota, embora surpreendida por aquele gesto, não ofereceu resistência. Gostou de receber aquele abraço, sentir Lucas tão junto dela. Ficaram assim por algum tempo. Lucas desejou acariciá-la, trocar um beijo. A proximidade entre os dois provocava uma sensação muito boa, e Adriana se sentia confortada nos braços dele. Lucas consolou-a. Sentia-se culpado pelo que acontecera; afinal, se não tivesse aparecido, talvez o velho não tivesse se emocionado e... Enfim... Não havia mais nada que ele pudesse fazer.

A garota teria que trabalhar naquele dia para colocar as coisas em ordem na loja. Não poderiam conversar muito. Resolveu deixá-la sozinha, mas prometeu voltar mais tarde. Trocaram um beijo no rosto, e Lucas seguiu seu caminho.

Refletiu em seguida se ajudaria ou não o fantasma.

O que ele lhe pedira era muito esquisito: Lucas teria que ajudá-lo a cumprir algumas tarefas pendentes. O rapaz não sabia se teria condições de cumpri-las.

E se tudo desse errado?

Pior ainda era não saber se o fantasma merecia ajuda ou não. Ele realmente fora muito mau.

Lucas estava atormentado. Não parava de se fazer perguntas. Nem percebeu que fora andando direto para o primeiro local que o fantasma lhe indicara: a cadeia pública.

Era um prédio muito antigo, transformado em centro de cultura, e que ainda preservava suas características originais. As grades ainda estavam nas janelas, as grandes portas de madeira e as paredes impressionavam pela espessura. Pedras enormes tomavam o lugar dos tijolos. O lugar era à prova de fugas.

Lucas identificou vários nomes escritos nas pedras. Os presos gravaram, como que para a eternidade, um registro de sua passagem por ali. Existiam muitos nomes, alguns quase apagados, outros sobrescritos, alguns ilegíveis.

"Não vou conseguir", pensava ele, enquanto tentava ler os nomes.

De repente, pareceu-lhe ter ouvido uma voz conhecida. Era Joaquim, que guiava um casal de turistas. Parecia muito seguro de si, explicava detalhadamente a história da cadeia, quantas celas havia, quem ficara preso por ali.

Lucas observou-o atentamente. Ele falava com tanta segurança e tão rapidamente que impressionava quem o ouvia. Parecia saber sobre tudo.

— Em 1829, a antiga cadeia foi destruída por um grande incêndio... — contava Joaquim enquanto os turistas tiravam fotografias.

Após as fotos e finda a explicação, os turistas lhe deram algum dinheiro e foram procurando a saída. Joaquim, mais uma vez, tentou continuar lhes prestando o serviço de charrete, mas eles recusaram, dizendo que preferiam caminhar.

Joaquim também já ia saindo quando viu Lucas no fundo da cadeia.

— Olá — gritou ele. — Quer andar de charrete agora? Faço um preço especial pra você! O Sultão só come e dorme. Precisa trabalhar um pouco.

Lucas sorriu.

— Você conhece mesmo o que se passou por aqui?

— Claro, uai! — respondeu o charreteiro orgulhoso. — Desde a fundação até o dia de hoje. Vem cá — disse ele puxando Lucas até uma das rochas. — Tá vendo este nome aqui?

— Cláudio Tavares da Conceição — leu Lucas com algum esforço.

Joaquim então começou a contar toda a história daquele homem, o crime que havia cometido, quanto tempo ficou preso etc. etc. etc.

Enquanto Lucas ouvia aquela história, desconfiava de que havia alguma chance de o plano que estava criando dar certo.

— Joaquim, se for verdade tudo o que você está falando...

— Claro que é! Uai! Por que você acha que eu iria mentir? — respondeu Joaquim, ofendido.

— Desculpe, eu não queria te ofender. Mas... Bem... Vou direto ao assunto. Não quero que você pense que eu estou louco, mas... Vou te contar uma história.

16 UM PARCEIRO CURIOSO

— Você está querendo me dizer que conversou com um fantasma? O fantasma do comendador? — espantou-se o jovem charreteiro.

Joaquim não podia acreditar no que ouvia. Desde muito cedo ouvira a lenda sobre o fantasma da igreja e sempre acreditara que fosse somente isso.

— E o que foi que você conversou com ele? — duvidou Joaquim.

Lucas lhe contou toda a história. Temeu que o garoto achasse que ele ficara maluco depois que o velho caíra morto sobre ele, mas Lucas também não tinha muito tempo para cumprir as tarefas, caso decidisse fazer aquilo. Precisava avaliar bem a situação e as suas reais chances de sucesso. Joaquim parecia conhecer bem a cidade, ou pelo menos fingia muito bem. Lucas cogitou em pedir ajuda para tia Joia, mas, além de não conseguir encontrá-la com frequência, ela poderia não dar importância a tudo aquilo. Ela lidava melhor com o real, não iria acreditar em fantasma.

— Boa essa história que você inventou! — disse Joaquim. — Se você trabalhasse aqui, seria um problema. Todos os turistas só iam querer sair com você. Eu ia ficar sempre no prejuízo!

— Eu não inventei nada — disse Lucas. — Se não acredita em mim, vamos à igreja que eu te mostro o fantasma.

Joaquim achou que, como o movimento estava fraco naquele dia, não iria perder nada, talvez até ganhasse uma nova história: a do menino que passou a ver fantasmas depois que o homem mais velho da cidade caiu morto sobre ele.

— Então vamos lá falar com ele — disse Joaquim, animado. — Só que você vai ter que me pagar o passeio — completou o rapaz com um sorriso jocoso.

Lucas achou que tudo estava indo rápido demais. Ainda não tinha certeza se ele mesmo deveria se envolver naquela história.

— Por que ele escolheu você? — perguntou Joaquim meio desconfiado. — Por que não escolheu alguém da cidade? Eu, por exemplo.

"Boa pergunta", pensou Lucas. Não tinha resposta para essa e para mais uma porção de outras que lhe passavam pela cabeça.

— E o que é que ele quer que você faça afinal de contas?

— Eu preciso cumprir três tarefas. Duas ele já me contou, a terceira ainda não. Talvez você pudesse me ajudar com a primeira, que é um pouco perigosa.

— O que é? — interessou-se ainda mais Joaquim.

— Quando ele era vivo, prejudicou muita gente inocente — começou Lucas. — O comendador mandava prender e tomava os bens de qualquer pessoa que o contrariasse. Tinha o poder de vida e morte sobre as pessoas. Minha primeira tarefa é a seguinte: eu tenho que achar na cadeia o nome de três pessoas inocentes que ele tenha mandado prender.

— Mas na cadeia existem centenas de nomes, como é que você vai encontrar só três? — perguntou Joaquim.

— É aí que você entra. Eu pensei que talvez você conhecesse as pessoas e pudesse me ajudar. Veja, foram estes os nomes que ele me disse ontem à noite — Lucas, logo que chegou na pensão, anotara os nomes que o fantasma lhe dissera. Tirou o papel do bolso e o mostrou para Joaquim.

— E o qual o perigo de procurar estes nomes? — quis saber Joaquim.

— Para que o comendador consiga ir para o Paraíso ele tem que reparar todo o mal que causou. Aí, talvez ele tenha alguma chance. Nós temos que achar os nomes e limpá-los com água benta — explicou Lucas.

— E daí? — perguntou Joaquim. — Qual o perigo de fazer isso?

— Se a gente limpar algum nome errado, de alguém que tenha sido mau, a situação pode piorar para a gente.

— Para a gente? — Joaquim mostrou-se espantado.

— É. O nome de quem limpou o nome errado fica gravado no lugar do que a gente libertou e, se isso acontecer, nós também iremos virar fantasmas.

Joaquim estava muito curioso e se recordava de ter visto pelo menos dois daqueles nomes nas pedras; do terceiro, não se lembrava.

— Tá bom, te ajudo — disse o charreteiro disposto a entrar naquela aventura. — Mas eu quero conversar com o fantasma primeiro! — completou ele devolvendo o papel para Lucas, que ainda não encontrara uma razão lógica para ajudar o comendador.

17 TESOUROS ENTERRADOS

As obras na Matriz de Santo Antônio corriam lentamente. A restauração era delicada e, por isso, feita com muito cuidado. Eram poucos jovens escovando e removendo impurezas das paredes com o objetivo de deixar tudo renovado, bem tratado, livre de cupins, umidade e outras intempéries. Quando iniciava um trabalho de restauração em algum grande monumento, Joia tratava logo de capacitar jovens para aprender a profissão de restaurador. Preservar o patrimônio era uma maneira de conservar vivo e bonito o passado, a memória do Brasil.

— Ah, finalmente você apareceu — disse Joia dando um grande abraço no sobrinho. — Onde você esteve a noite toda? Cheguei ontem de São João del Rey e fiquei preocupada quando não te encontrei.

— Eu... Bem... — enrolou-se Lucas. — Eu saí com Joaquim, que me contou tantas histórias da cidade que a gente nem viu o tempo passar — a desculpa não era muito convincente mas fora a que lhe surgira na hora.

— Está bem — respondeu a tia. — Mas, quando fizer isso de novo, me avise.

— Deu tudo certo em São João del Rey? — perguntou Lucas.

— Maravilha! — disse ela. — Foi uma emergência, por isso saí correndo sem lhe avisar. Naquele dia uma imagem desaparecida há muito tempo foi localizada. Foi lindo devolvê-la para a Igreja de São Francisco de Assis. Muitas obras do período barroco foram roubadas das igrejas de Minas Gerais. Sempre é uma alegria imensa quando a gente consegue recuperar algumas delas.

— Que bom, tia! — respondeu Lucas. — Eu vim ver o trabalho de vocês.

— Pode olhar tudo o que quiser, mas ande com cuidado. Qualquer dúvida, pergunte para mim ou para o Joaquim, que sabe tudo — completou ela.

Joaquim agradeceu encabulado, e Joia continuou com seu trabalho.

— Cadê o fantasma? — perguntou Joaquim curioso.

— Calma, tenha calma. Quer que todo mundo aqui pense que a gente é maluco? Até eu duvido desta história, logo eu que... — nem terminou a frase e logo escutou a música outra vez. — Pronto, está ouvindo?

— Ouvindo o quê? — perguntou Joaquim.

— Esta música, vai me dizer que não está ouvindo?

"Não adianta, ele não pode me escutar."

Lucas ouviu a voz do fantasma e, ao se virar, deu de cara com o próprio. Ele estava exatamente como da primeira vez. A luz do sol, que entrava na igreja naquele momento, tirava-lhe um pouco do brilho, mas lá estava ele.

— Por que ele não pode te escutar? — perguntou Lucas.

— Só tu podes — respondeu o fantasma.

— Com quem você está falando? Ele está aqui? — quis saber Joaquim.

— Sim, ele está aqui, do meu lado — disse Lucas.

Joaquim esticou a mão, e Lucas sorriu quando viu o fantasma desviando do garoto, que não podia tocá-lo.

— Do que você está rindo? — queixou-se Joaquim.

— De nada — respondeu Lucas. O rapaz notou que os restauradores olhavam para eles de vez em quando. Não deveriam estar entendendo nada, afinal parecia que Lucas conversava com o ar. — Joaquim, finja que está me mostrando as coisas da igreja, senão todo mundo vai achar que a gente é maluco. — Joaquim concordou. — Afinal de contas, o que você quer saber do fantasma?

— É muito simples — disse o charreteiro gesticulando exageradamente. — Você disse que ele é o fantasma do comendador Benjamin. Se for mesmo verdade, nós estamos com muita sorte.

— Sorte? Como assim? — espantou-se Lucas.

— Pergunte para o seu fantasma se existe mesmo um grande tesouro enterrado na cidade — disse Joaquim, exaltado.

O fantasma abaixou a cabeça, pareceu até que sua luz perdera o brilho.

— Eu sei o que ele quer saber — disse o fantasma para Lucas. — Pode dizer que sim, é tudo verdade: o tesouro existe e está muito bem guardado.

Lucas fez o que o fantasma lhe pediu. Joaquim olhou para Lucas sem acreditar que ele estava dizendo aquelas palavras.

— Pergunte logo onde é que está o tesouro — disse o charreteiro.

— Onde foi que você escond... — Ele nem precisou terminar a frase. O fantasma imediatamente começou a falar; afinal de contas, ele podia ouvir a todos.

— Pode dizer ao menino que não vou falar mais nada. Se ele quiser saber mais alguma coisa, terá que te ajudar a cumprir as tarefas que eu pedi — disse o comendador.

O fantasma parecia saber de tudo o que acontecia fora da igreja. Mas como, se ele estava preso ali? Cada vez Lucas ficava mais confuso. Estava cansado daquele jogo de pingue-pongue. Parecia um aparelho de telefone com o além. Resolveu parar com aquela bagunça. Disse irritado:

— O que vocês estão pensando que eu sou? Não vou falar mais nada para vocês até que me contem tudo o que está acontecendo por aqui.

Joaquim esticou a mão, e Lucas sorriu quando viu o fantasma desviando.

18 UMA CHANCE A CADA CEM ANOS

— O que foi que aconteceu? — perguntou Joaquim. — O fantasma disse mais alguma coisa?

— Já que vocês dois podem me ouvir, agora é a minha vez — disse Lucas. — Agora sou eu que vou fazer as perguntas por aqui! Primeiro, senhor comendador, por que só eu posso ouvi-lo e por que você me escolheu para cumprir as tarefas?

Já que a felicidade daquele fantasma dependia, aparentemente, do próprio Lucas, nada mais justo que ele estivesse totalmente informado.

— Pois bem! — disse o fantasma. — Contar-te-ei.

O fantasma disse então que, durante todo aquele tempo em que ficara preso, aprendera muitas coisas. Embora não pudesse sair da igreja, foi descobrindo, com o tempo, que existiam maneiras de se comunicar com o mundo exterior. De início, ouvia a conversa das pessoas que entravam na igreja para assistir às missas. O melhor era quando ocorria algum casamento. Chegavam pessoas de outras cidades e, assim, traziam informações de outros lugares.

— Eu acompanhei a evolução do mundo daqui de dentro — disse o fantasma. — Escutei rádio pela primeira vez quando uma pessoa parou com um aí na porta.

O fantasma continuou. Disse que, nos velhos tempos, conversava com os fantasmas das outras pessoas que também eram enterradas na igreja, mas eles logo iam embora, deixando-o sozinho. Com os anos, pararam de fazer sepultamentos ali dentro e demorou muito até que ele visse outro fantasma.

— Ninguém mais ficou preso por aqui além de você?

— Não — disse o fantasma. — E tu logo saberás a razão.

— Sobre o que vocês estão falando? — quis saber Joaquim, aflito.

Lucas lhe contou o que ouvira até aquele momento e logo o comendador pôde continuar sua história.

Eventualmente, algum outro fantasma, que também estava preso no mundo por alguma outra razão, passava por ali e contava alguma história para o comendador. E, assim, ele foi aprendendo muita coisa do mundo dos fantasmas.

— Então os vivos te mantinham informado sobre este mundo, e os fantasmas sobre o outro mundo? — perguntou Lucas.

— Isso mesmo — completou o fantasma. — E foi dessa maneira que descobri haver uma forma de eu ir para o Paraíso. Era muito difícil, quase impossível para um fantasma que tivesse sido muito cruel em vida, mas havia uma chance.

— O fantasma já te disse onde está o ouro? — insistia Joaquim.

— Calma, Joaquim, já conto tudo! — disse Lucas.

O comendador continuou explicando que a cada cem anos, no aniversário de sua morte, todo fantasma tinha uma oportunidade de se redimir. Para isso, deveria eliminar todo o mal que cometera em vida e, o mais importante, alguém teria que ter chorado por sua morte. Se isso não ocorresse, não existiria a mínima chance de ascender ao Paraíso.

— Mas você me disse que ninguém chorou no dia do seu enterro! — exclamou Lucas.

— Sim, é verdade — disse o fantasma.

— Então não adianta fazer nada, você não tem chance — concluiu o rapaz.

— Alguém só vai chorar por ti se o amar deveras. Se nunca amaste, ou foste amado, é como se nunca tivesses passado por este mundo. Ninguém chorará por ti quando te fores e, sem essas lágrimas de saudade, qualquer um fica preso — explicou o comendador. — Foi isso que o fantasma do escravo quis me dizer. Alguém havia chorado por ele, por isso conseguiu ir para o Paraíso.

— Pergunta por que tudo acontece só de cem em cem anos — disse Joaquim, que ficava cada vez mais curioso a cada informação que recebia.

— Porque é um tempo celeste que nos permite corrigir as maldades do passado — respondeu o comendador. — Eu já consegui limpar quase tudo. Alguns fantasmas de velhos inimigos, que passaram por aqui, me perdoaram. Mas quem muito me ajudou foi o velho José.

— O bisavô de Adriana!? — Lucas então se lembrou de que o velho mandou que ele não se aproximasse... Sentiu um calafrio. Era como se o fantasma do velho estivesse por ali, mandando-o fugir rapidamente. — O que você fez para ele?

— Ele foi o primeiro que me escutou — disse o comendador. — Eu não sabia que alguns seres humanos podiam me ouvir. Senti que meu destino talvez mudasse. Eu não tinha ideia de como iria conseguir realizar algumas tarefas que dependiam de que objetos fossem mudados de lugar. Nenhum fantasma pode mover objetos. Foi então que eu percebi que, quando eu começava a tocar o órgão, o velho, que na época ainda era um garoto, ouvia minha música.

— Tocar órgão? — espantou-se Lucas. — Garoto? Como garoto? Quer dizer que há cem anos... Explique tudo isso melhor porque eu estou confuso.

— Na verdade, a música que eu toco é uma música-fantasma, eu não consigo realmente apertar as teclas — disse o comendador. — Quanto ao velho José, eu o conheci há cem anos. Ele era uma criança naquela época e acabou tendo uma longa vida — completou.

Lucas teve que pedir para Joaquim ter um pouco de paciência, pois o garoto não parava de fazer perguntas.

O fantasma disse que começou a tocar a música com mais frequência e o menino sempre vinha atrás do som. Um dia resolveu falar com ele e qual não foi sua surpresa quando o menino lhe respondeu. O fantasma ficou muito feliz, mas teve medo de afugentar o garoto. Tratou do assunto com cuidado. Aos poucos foi ganhando a confiança do menino e começou a lhe dar presentes.

Quando era vivo, o comendador escondera muitos tesouros por toda a região e, até hoje, quase tudo se encontrava no lugar em que ele deixara. Pedia então para o menino desenterrar alguns bens e entregar em hospitais e para quem mais pudesse fazer bom uso do dinheiro. O menino deixava o dinheiro sem que ninguém o visse para não despertar cobiça em outras pessoas. O fantasma até o ensinou a escrever. Pouca gente sabia naquela época. Foi então que ele indicara o livro para o velho José que, mais tarde, Adriana encontraria. Nele, o velho foi anotando tudo o que acontecia de importante na cidade.

— Mas por que só você pode ouvir o que ele diz? — insistia Joaquim.

— Eu também demorei a entender isso — continuou o fantasma, sem prestar muita atenção em Joaquim. — Poucos fantasmas ficaram tanto tempo na terra para obter essas respostas.

A história do fantasma ia ficando cada vez mais incrível. Lucas descobriu que os vivos e os mortos poderiam se comunicar. Entretanto, somente quem nasceu e quem morreu no mesmo dia, hora, minuto e segundo é que poderia entrar em contato. Não importava o ano, mas era fundamental que também fosse noite de lua cheia. E, para tornar as coisas ainda mais difíceis, essa comunicação só seria possível se o fantasma do falecido tivesse permanecido na Terra. Encontrar alguém que atendesse a todas essas condições era quase impossível; por isso, alguns fantasmas acabavam ficando na terra para sempre porque não conseguiam se comunicar com ninguém para pedir ajuda.

— Bem... agora que sabes toda a minha história, irás ajudar-me? — perguntou o comendador.

19 O SEGREDO DA TERCEIRA TAREFA

Lucas estava impressionado com toda aquela história.

— Quer dizer que existe mesmo um tesouro escondido? — Joaquim não conseguia pensar em outra coisa.

— Sim, existe — respondeu o fantasma, esquecendo-se de que Joaquim não podia ouvi-lo. — E, se me ajudares, ele será todo vosso.

Lucas ficou imaginando como seria o tesouro. Deveria ser valioso, pois, nos tempos do fantasma, havia muito ouro por ali.

— Mas tem uma coisa que eu ainda não entendi. Por que é que o velho José não entrava mais aqui? O que foi que aconteceu? — indagou Lucas.

O fantasma suspirou e contou que ficou furioso quando todas as tarefas não foram cumpridas no passado. Concluiu que o único interesse do velho era o tesouro prometido. O fantasma amaldiçoou a ele e a toda sua família. Naquele tempo as pessoas tinham muito medo de assombrações e o velho, sabendo da existência do fantasma, ficou apavorado. Achou que correria perigo se pisasse naquela igreja novamente.

— Demorei muito para perceber que estava errado — disse o fantasma. — Ele nunca tocou nos meus tesouros. Algumas vezes tentei fazer contato, mas ele nunca me perdoou. Insultava-me do lado de fora da igreja. Queria se vingar de mim, achava que eu o prejudicava.

— Por isso que ele ficava gritando do lado de fora da igreja! — disse Lucas.

— O que ele está dizendo? — insistiu Joaquim. — Se você não me contar eu vou gritar para todo mundo aqui dentro que você está maluco.

Lucas contou tudo para Joaquim, mas estava louco para continuar a ouvir as explicações do fantasma.

— Sempre que acontecia alguma tragédia na família dele, ele me atribuía a culpa. E não foram poucas — disse o comendador.

Lucas se lembrou da história que Dona Violeta lhe contou e perguntou:

— Você não teve nada a ver com as mortes que ocorreram na família dele?

— Não, juro — gritou o fantasma. — Naquela época, era muito comum as mulheres morrerem de parto. Faltava auxílio médico. Fiquei felicíssimo quando a mãe de Adriana a ganhou com saúde. Se ela houvesse morrido... — continuou o fantasma — o velho pensaria que a culpa teria sido minha. Ainda bem que a levaram para o hospital. Arrependi-me muito das pragas que roguei contra o velho. Eu apenas queria que ele soubesse que eu tinha uma nova chance. Daria tudo para ser perdoado.

— Como você sabia que teria uma nova chance? — indagou Lucas.

— Sua tia Joia contou-me! — disse o fantasma, sorrindo.

Lucas quase caiu de costas. Joaquim continuava impaciente. O que tia Joia tinha a ver com isso afinal de contas?

— Sua tia pesquisou muito aqui dentro — contou o fantasma. — Eu tinha muita vontade de ajudá-la, afinal, eu presenciei todos os estragos que aconteceram por aqui nos últimos duzentos anos, mas não podia me comunicar com ela. Foi então que, um dia, ela se lembrou do teu aniversário e falou para todo mundo que precisava te mandar um presente. Assim, descobri que tu havias nascido no mesmo dia em que eu morri. Então comecei a tentar me comunicar contigo.

— Comigo? — espantou-se Lucas sentindo um calafrio.

— Sim, eu investigava toda e qualquer possibilidade mas havia sempre algum problema, ou era na hora, no minuto, no segundo ou na estação da lua. Tu parecias perfeito e, por isso, achei que teria uma nova chance de sair daqui.

— E se eu não viesse para cá? — completou Lucas. — Nunca poderia te ajudar.

— Eu fiz com que tu vieste para cá!

— O quê?

— Sim, eu sabia que talvez pudesses me ouvir, então comecei a mandar-te mensagens. Se eu estivesse certo, nós teríamos uma espécie de conexão.

Lucas entendeu que nunca estivera sonhando. Era o fantasma que o estava atraindo para Tiradentes.

— Mas como você descobriu o segundo em que eu nasci? Nem eu mesmo sei isso — disse Lucas.

— Não descobri! — continuou o fantasma. — Arrisquei. Se tu estás aqui, agora, falando comigo, significa que meu palpite estava certo — sorriu ele.

— Muito esperto, você — divertiu-se Lucas.

Foi assim que o velho José ficou sabendo que Lucas viria para a cidade. O fantasma, em uma de suas tentativas para ser perdoado, aproveitou um dos dias em que o velho apareceu para praguejar e lhe contou sobre essa nova chance. O velho decidiu que faria tudo para impedir que algo de ruim acontecesse a uma nova pessoa. Dessa maneira, aproximou-se de Joia, viu fotos de Lucas e gravou a imagem do garoto na memória. Escreveu ainda o nome de Lucas no velho livro para nunca se esquecer dele. O comendador ficou em pânico, preocupado em perder aquela chance. Por fim, ficou triste quando o velho morreu, sem perdoá-lo.

— Quer fazer o favor de me dizer o que está acontecendo?! — insistiu Joaquim. Lucas novamente interrompeu a conversa e contou tudo para o garoto.

— Tá, entendi — disse Joaquim. — Mas, afinal, quais são as outras duas tarefas que a gente tem que cumprir para pegar o tesouro, quer dizer, para libertar o fantasma?

Lucas se lembrou de que não contara a Joaquim nada além da primeira tarefa. Achou melhor, para não assustar o jovem charreteiro. Entretanto, não conhecia ainda a terceira tarefa. Se a primeira e a segunda já eram complicadas, tinha até medo de conhecer a última.

— É a mais difícil de todas — disse o fantasma, como que lendo o pensamento de Lucas. — Eu gostaria de revelar-te essa última tarefa somente quando fossem cumpridas as outras duas. É muito difícil e, se não quiseres realizá-la, compreender-te-ei.

O olhar do fantasma era de aflição. Lucas sentia medo de cumprir as tarefas, que podiam até se tornar muito perigosas. Não queria terminar como o velho José que passara o resto da vida com medo. Será que o fantasma estaria falando a verdade? E se houvesse alguma outra coisa por trás daquela história?

— E então? O que mais o fantasma falou? — perguntou Joaquim.

— Eu já disse tudo o que ele falou. Ele só quer saber se nós vamos ajudá-lo ou não — disse Lucas.

— Lucas! — disse Joaquim. — Se tudo que você falou for verdade, a gente vai achar um tesouro que vai deixar a gente muito, mas muito rico mesmo. Sempre ouvi falar do tesouro do comendador, mas nunca achei que fosse verdade.

Lucas espantou-se com a ganância do menino.

— Diga que a gente ajuda — insistiu o charreteiro. — Eu ajudo, viu, seu fantasma! — disse ele, gritando para o ar. — Bem que eu e o Sultão estamos precisando de umas belas férias.

Lucas sorriu com esse último comentário, mas ainda tinha muitas dúvidas. Talvez fosse justo que o fantasma continuasse sofrendo para sempre em razão de toda a maldade que cometera. Mas o coração do rapaz se apertava quando pensava que o comendador talvez tivesse que esperar mais cem, duzentos ou até quinhentos anos para encontrar alguém que pudesse ajudá-lo. Lucas poderia tentar e, afinal de contas, poderia desistir das tarefas ao menor sinal de perigo. Ainda havia o tesouro, que poderia ser muito útil. Olhou para o fantasma e para Joaquim que estava inquieto e anunciou sua decisão

— Está bem, eu vou tentar ajudar você.

O brilho do fantasma ficou extremamente intenso e ele flutuou por toda a igreja, gritando tão alto que Lucas foi

O brilho do fantasma ficou extremamente intenso e ele flutuou por toda a igreja, gritando alto.

obrigado a tapar os ouvidos. Joaquim também ficou feliz, pois acabaria encontrando o tesouro do comendador.

O fantasma aproximou-se, tentando abraçar Lucas.

— Obrigado, muito obrigado, mas lembra: tu só terás mais 48 horas para cumprir as tarefas. Daqui a dois dias será o aniversário de duzentos anos de minha morte. Minha segunda chance de ir para o Paraíso.

— Pode deixar, nós vamos fazer a nossa parte — respondeu Lucas, lembrando que aquela também seria a data de seu aniversário, de vida.

O fantasma então deu-lhes a localização de um pequeno tesouro, que seria necessário para a cumprir a segunda tarefa e também a detalhou para Lucas. Era ainda mais complicada que a primeira. Lucas chamou Joaquim e saíram finalmente da igreja, sem saber ao certo todo o perigo que estavam correndo.

20 *O VELHO SANTINHO*

Quando Joaquim ouvira Lucas lhe contar que o fantasma informara onde estava o tesouro, não houve argumento que o fizesse mudar de ideia: queria ir procurá-lo naquele momento. De nada adiantou Lucas sugerir que seria melhor cumprir a primeira tarefa; já estavam na cidade, bastava ir até a cadeia.

— Só te ajudo se a gente for cavar o tesouro agora! — disse Joaquim.

Dito e feito. Lucas pensava em Adriana enquanto Joaquim tocava a charrete para fora da cidade. Será que ela iria ajudar o fantasma depois de tudo o que o bisavô dela sofrera? Ela teria que saber de tudo o que o fantasma dissera.

Precisariam do livro do velho José para cumprir a segunda tarefa.

Ao saber das indicações que o fantasma havia dado, Joaquim concluiu que deveria ser em algum ponto do Rio das Mortes, afastado da cidade. Ao chegarem no local, Lucas sentiu que já estivera ali anteriormente.

— Uai! — disse Joaquim em seguida. — Sabe que eu conheço este lugar? Eu devia ter atinado. É o local da história do capanga louco.

— Capanga louco? — perguntou Lucas.

— Sim — respondeu Joaquim. — Muitos anos atrás, um homem procurava um tesouro por aqui. Ele achava que era o dono do lugar e não deixava ninguém se aproximar. Um dia, numa discussão, ele entrou numa briga e acabou assassinado neste local que a gente está. Outros procuraram pelo ouro, mas ninguém encontrou nada. Dizem que ele assombra até hoje estas paragens.

— Credo. Não quero saber de nenhum outro fantasma — disse Lucas.

— Onde foi mesmo que o fantasma disse que estava o tesouro? — insistiu o charreteiro, mais interessado no presente do que no passado.

— Embaixo da terceira maior árvore, ao longo do rio, na quarta curva para o lado direito da serra, cinco passos a oeste — respondeu Lucas.

— Peraí, para que lado fica o oeste? — perguntou o charreteiro.

— Onde é que o sol nasce? — perguntou Lucas.

— Daquele lado? — respondeu Joaquim.

— Então temos que ir para o outro lado — concluiu Lucas. — O sol sempre nasce no leste e vai em direção ao oeste.

— Sabido, você — respondeu Joaquim. — Mas, se não fosse eu, você nunca chegaria até aqui — sorriu o menino. — Olha, pelos meus cálculos esta é a quarta curva ao lado direito da serra.

— E esta deve ser a terceira árvore mais alta que tem por aqui — disse Lucas, apontando para uma árvore menor que outras duas.

Começaram a cavar, mas não encontravam nada. O fantasma disse que o buraco não seria muito fundo. Os garotos começaram a discutir. Joaquim achou que tudo fosse somente uma brincadeira. Foi então que Lucas percebeu que poderiam estar cometendo um erro. O rio nunca mudara de lugar, mas o mato sim. Quem garantiria que estavam debaixo da árvore certa? Muita coisa poderia ter acontecido com uma árvore durante todo aquele tempo.

— É verdade — disse Joaquim após Lucas lhe contar sua descoberta. — Tudo pode ter mudado, mas como é que a gente vai saber qual é a árvore certa? Vamos ter que cavar ao redor de todas elas?

— Ou a gente cava ao redor de todas as árvores, ou nunca vamos achar nada — disse Lucas lembrando-se de que não teriam tempo de fazer isso; afinal de contas, só havia dois dias para cumprir as tarefas. — Tem que haver uma soluç... — mal teve tempo de dizer essa frase quando tropeçou em um tronco seco.

— Cuidado para não se machucar — disse Joaquim.

— Tropecei nesta árvore morta! — disse Lucas olhando para o tronco velho e largo. Parecia até que tinha sido a base de uma grande árvore no passado. Talvez tivesse sido cortada ao meio por alguma coisa, talvez um raio.

Foi então que Lucas começou a ouvir a música do fantasma.

— É esta! — gritou ele imediatamente para Joaquim. Sabia que o fantasma deveria estar conectado a ele e que lhe mandara a música para confirmar a impressão de Lucas.

Os garotos começaram a cavar, e qual não foi a surpresa quando encontraram uma pequena peça de pedra. Aceleraram o trabalho e logo tiraram o objeto do buraco. Era a imagem de um santo.

— Ora, veja só — disse Joaquim. — Um santo do pau oco!

Lucas já tinha ouvido tia Joia falar daquelas imagens. Antigamente, as pessoas contrabandeavam ouro dentro de santos ocos que nunca eram revistados. Isso durou até o dia em que a guarda descobriu a artimanha e acabou com a festa. Provavelmente o comendador estaria trafegando ilegalmente com o santo e tratou de escondê-lo em um local que só ele pudesse achar depois.

— Vamos quebrar logo e olhar o que tem dentro — disse Joaquim.

— Não, quebrar não. Vamos achar outro jeito de abrir — sugeriu Lucas pensando no que tia Joia iria dizer se o visse quebrando relíquias antigas por aí.

Levaram então a imagem para a beira do rio e começaram a molhar a sua base para ver se o lacre de barro amolecia, mas não funcionou.

Após outra breve discussão, quebraram o centro do lacre para criar uma pequena abertura e, por ali, tentar ver o que tinha dentro. Começaram a bater e, finalmente, o lacre se abriu. Os meninos giraram o santinho para ver o que cairia. Ficaram encantados. Várias moedas de ouro brilharam com o sol.

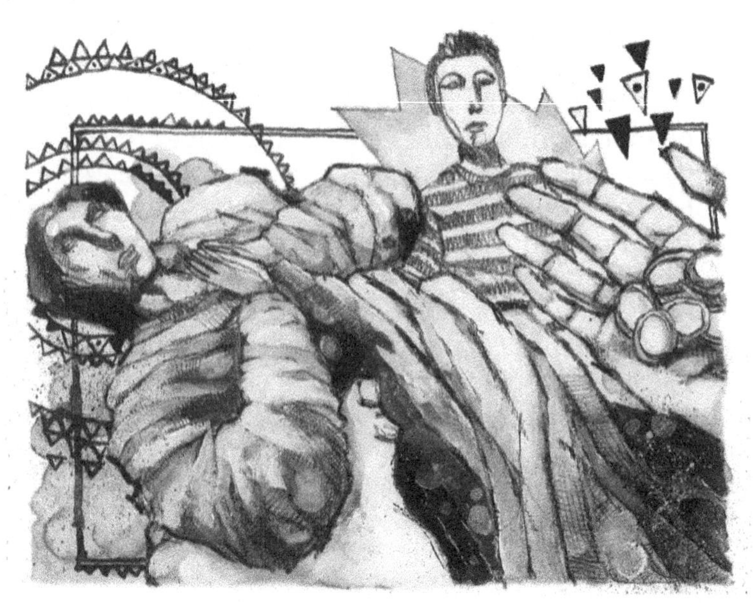

— Que lindo! — gritou Joaquim. — Estamos ricos, ricos!
Lucas, mais uma vez, espantou-se com a usura do garoto. Lucas também alimentava desejos pelo tesouro, mas sabia que nada daquilo iria pertencer a eles. Aquelas peças teriam valor histórico incalculável.
— Uai, como não é nosso? — disse Joaquim, indignado.
Joaquim não se conformava, trabalhara como um louco e não iria ganhar nada. Lucas resolveu acalmá-lo, oferecendo-lhe algumas moedas. Precisavam agora colocar aquele tesouro em um local seguro. Perderam muito tempo para encontrá-lo e, agora, o primeiro dia já estava quase terminando.
Estavam sujos de terra até o pescoço, mas, mesmo assim, teriam que entrar na cadeia e procurar os nomes para cumprir a primeira tarefa. Quando finalmente chegaram de volta à cidade, a cadeia já estava fechada. De nada adiantou Joaquim espernear que havia um turista querendo fazer a visita.
— Não adianta. Fechou, fechou! — disse Joaquim resignado.
Lucas percebeu que não adiantaria ficar parado ali na frente. Estava cansado e nem sequer havia comido alguma coisa. Decidiu que o melhor a fazer era ir para casa dormir e voltar a se encontrar no dia seguinte.
Joaquim lhe deu uma carona até a pensão e se despediram.
— Lembre-se, Joaquim, não comente nada disso com ninguém. Vamos ficar quietos até, pelo menos, terminar esta história — recomendou Lucas.
— Tá bom. Amanhã a gente se encontra cedinho na frente da cadeia.
Lucas desceu da carroça e ajeitou-se como pôde para levar o santo, enrolado em um pedaço de pano, para dentro da pensão. A sala estava vazia. Correu para o seu quarto e, tão logo conseguiu abrir a porta, levou um susto.
— Tia Joia! — gritou ele quase deixando o santo cair no chão.
— Querido! — disse ela. — O que aconteceu? Por que está tão sujo? E este pacote que você está carregando... —

Lucas entrou rapidamente para o quarto com o pacote, mas não teve como escondê-lo. — O que é isto? Deixe-me ver melhor — ela pegou o pacote e o colocou sobre a mesinha do quarto. Lucas percebeu o espanto surgir no rosto dela.

— De onde veio isto tudo, Lucas? — perguntou ela.

O rapaz sabia que não poderia contar toda a verdade; ela acharia que ele teria enlouquecido. Inventou uma história maluca de que Joaquim tinha-lhe contado sobre a lenda de um tesouro e ele resolveu ir atrás para ver se era verdade e qual não foi sua surpresa quando, de fato, o encontrou.

— Eu quero ir ver esse lugar amanhã — disse ela.

— Amanhã eu não posso — interrompeu ele. — Amanhã eu vou... Eu vou... Eu tenho que ver outro lugar — rapidamente ele lhe contou onde ficava, perto da quarta curva do rio... — Qualquer charreteiro pode te levar até lá.

— Bem, vá tomar um banho e amanhã a gente conversa — disse ela. — Mas eu vou ficar com estas peças, quero analisar uma por uma direitinho — completou a tia, já saindo do quarto com todo o tesouro.

Lucas percebeu que não poderia fazer nada. Considerou o dia perdido: não conseguira entrar na cadeia e ficara sem o tesouro. Resolveu que melhor seria tomar banho e dormir, sem sonhos, pesadelos ou músicas, porém sabia que teria que conseguir o tesouro de volta.

21 NOMES QUE SOMEM

Lucas saltou da cama tão logo amanheceu. Mal abriu os olhos e pensou que só teria aquele dia e o seguinte para cumprir todas as últimas três tarefas que iriam libertar o fantasma. Tomou o rumo da cadeia imediatamente.

— E então? — perguntou Joaquim, que já o esperava na porta. — Guardou o tesouro?

— Vamos parar de pensar nesse tesouro senão a gente não vai conseguir fazer nada hoje — Lucas tentou encerrar aquele assunto.

— Tá bom — respondeu Joaquim. — Daqui a pouco a cadeia abre.

Aquele era o melhor momento para se conseguir um pouco de água benta. Precisariam dela para cumprir aquela primeira tarefa.

— Vamos na Igreja do Rosário dos Pretos para pegar um pouquinho da água — disse Joaquim. — Quando a gente voltar, a cadeia já vai estar aberta.

Tomaram a direção da igreja, que se preparava para a missa matinal. Havia pouca gente, o que era uma sorte. A igreja era considerada a mais antiga de Tiradentes e fora construída pela Irmandade dos Pretos Cativos. O forro era decorado com imagens sacras e o altar-mor, ricamente entalhado no estilo rococó.

Lucas localizou a cuba, que guardava a água benta, logo na entrada da igreja. Todos os fiéis, antes de entrar, molhavam ali a ponta dos dedos e se benziam. Esse ritual se iniciava sempre que o sacristão levava a água para a cuba em um jarro, após esta ter sido benzida por um padre. Lucas retirou uma garrafinha de vidro que trazia no bolso, certificou-se de que não havia ninguém olhando e a mergulhou na água abençoada. Esperava não estar cometendo algum pecado muito grande, mas, afinal, era para uma boa causa.

Escondeu a garrafinha e foram direto para a cadeia, que já estava aberta quando chegaram. Joaquim fingia que Lucas era um visitante a quem mostrava tudo. Não havia outros turistas. Lucas pegou o papel em que estavam anotados os nomes e foram em direção às celas para procurá-los pelas paredes.

O primeiro deles era familiar a Joaquim. Tinha sido um prisioneiro condenado por matar a esposa. Ele jurara inocência até o último dia da sua vida.

Com muito cuidado, seguindo as recomendações do fantasma, Lucas molhou a ponta dos dedos na água benta e passou por cima do nome do antigo condenado escrito na pedra. De repente, como num passe de mágica, o nome brilhou em toda sua extensão e começou a desaparecer, sumindo por completo.

— Deu certo! Que trem mais estranho! — comemorou Joaquim.

— Vamos encontrar o segundo nome — disse Lucas, aliviado.

Olharam as paredes de cima abaixo e, perto das grades, estava o nome de Luís Gomes de Souza. Novamente Lucas repetiu o processo, e a estranha magia aconteceu. A parede ficou lisa como se nada, nunca, tivesse sido escrito ali. Restava agora somente um pouco de água para o terceiro nome.

A procura desse último não estava sendo tão fácil quanto a dos outros dois. Lucas iria demorar anos para encontrar qualquer nome naquelas paredes velhas e rabiscadas, se não fosse por Joaquim. Por isso o velho José não conseguira cumprir essa tarefa. Era realmente muito difícil.

Lucas teve a impressão de que ouvia vozes, chamados, parecia que cada um dos nomes impressos nas pedras clamava por ele, pedindo para que fossem limpos com a água.

— Você está ouvindo o que eu estou ouvindo? — perguntou Lucas.

— Não, não estou ouvindo nada — respondeu Joaquim.

Parecia castigo, só Lucas ouvia os clamores que ecoavam por toda a cela. Os gritos e lamentos começavam a ficar insuportáveis. Lucas queria sair dali correndo, mas não conseguia se mover. O rapaz desejava encontrar uma maneira de fazer com que aquelas vozes se calassem. Aproximou-se da parede e deparou com um nome, que ao lado trazia um número.

Fernão Albuquerque, idade 14 anos, a mesma de Lucas.

"Por que será que um rapaz tão jovem ficou preso aqui dentro deste lugar terrível?", pensou Lucas, que se sentia solidário com o rapaz.

Imaginou que uma pessoa tão jovem não poderia ter causado mal tão grande que o condenasse a ficar ali para sempre. Praticamente já não se incomodava com os gritos na cela, aquele jovem chamava-o calmamente.

Lucas molhou os dedos na água benta e os levou até a primeira letra do nome do antigo detento e a viu adquirir uma forte cor azul. Animou-se e em seguida repetiu a operação para a segunda e terceira letras. Cada letra que brilhava o levava a um mundo que parecia não ser o seu.

De repente, percebeu que algo lhe faltava das mãos. Não conseguia encontrar a água, sumira. Ficou enfurecido, transtornado, queria seu vidro de volta. Teve a impressão de ver um vulto à sua frente, mas não tinha certeza. As cores no nome começavam a perder o brilho. Não podia deixar aquilo acontecer, pensou em sair da cadeia e ir buscar mais água.

Mal iniciou essa ação, sentiu-se preso; algo o impedia de caminhar, parecia que alguém o agarrava. Desvencilhou-se com violência e continuou seu caminho. Novamente aquela coisa parecia agarrá-lo e ele tornou a reagir com violência. Sentia que estava próximo da saída da cadeia, podia ver a rua.

Forçou os passos, mas seu corpo ficou pesado, parecia que estava caindo de algum lugar muito alto e, de repente, foi direto para o chão.

— Lucas, Lucas, você está bem? Acorde, vamos!

O rapaz reconhecera aquela voz, era a de Joaquim.

— O que aconteceu aqui? — essa voz Lucas não conseguia reconhecer. — O menino passou mal? — Era o vigia do lugar, que queria saber o que estava acontecendo.

— Não foi nada — respondeu Joaquim. — Foi o calor. Eu conheço ele, pode deixar — disse Joaquim levando Lucas para fora da cadeia a fim de evitar outras perguntas.

Já do lado de fora Lucas tentou pôr os pensamentos em ordem.

— O que aconteceu comigo, Joaquim?

O charreteiro contou que, enquanto ele procurava o último dos nomes, viu que Lucas também estava atento à

Algo o impedia de caminhar, parecia que alguém o agarrava.

parede. Quando viu Lucas levando os dedos molhados até um dos nomes ficou feliz e saiu correndo em sua direção, pensando que ele tinha encontrado o último deles.

— Eu não me lembro de nada disso — disse Lucas.

— Você parecia um daqueles homens que fica pinot... pinhot...

— Hipnotizado! — disse Lucas.

— Isso, pinotizado — completou Joaquim. — Então, o trem mais esquisito de todos foi que eu vi seu nome aparecendo no lugar daquele que você estava tentando apagar. O diacho era que não era aquele nome que a gente estava procurando. Tomei o vidrinho de água benta da sua mão e te chamei várias vezes. Você não me respondia, comecei a te sacudir, mas aí você me empurrou. Depois veio o guarda ajudar e você empurrou ele também.

— Eu fiz tudo isso? — disse Lucas.

— Fez, nem sabia que você era tão forte. Aí pareceu que você queria sair da cadeia, ir para a rua — narrou Joaquim. — Mas o mais legal aconteceu em seguida.

— O quê? — quis saber Lucas.

— Meu olho deu de cara com o nome que a gente estava procurando. Não tive dúvida, corri até lá e molhei o danado, que sumiu como os outros. Foi aí que você caiu no chão, parece que enfraqueceu de repente.

— Que coisa maluca, eu não me lembro de nada disso.

— Mas eu acho que eu fiz a coisa certa. Você está aqui falando comigo, antes você nem respondia quando eu chamava.

— E o meu nome, você viu se ele ficou lá na parede, gravado? — Lucas disse essa última palavra cheio de medo.

— Esqueci, vamos lá ver!

Lucas sentiu um arrepio, não queria passar por aquilo novamente.

— Vá você, Joaquim, por favor — pediu o rapaz.

Joaquim se levantou e foi até a cadeia. Lucas estava apreensivo. Contava os minutos que o charreteiro permanecia lá dentro.

— Sumiu! — anunciou Joaquim ao sair correndo da cadeia. — Seu nome não está lá.

Lucas respirou aliviado. Todos os que foram verdadeiramente inocentes estavam, por fim, libertos da prisão. Fora uma boa ação, afinal.

Lucas e Joaquim ficaram assustados. Eram esses os perigos aos quais o fantasma se referira. Agora que sentira na pele, Lucas não sabia se teria coragem de continuar com tudo aquilo, muito menos se gostaria de pôr em risco a segurança de Joaquim. Achou que tinha que tomar uma atitude:

— Joaquim, preciso te contar uma decisão que eu acabei de tomar!

22 *A MALDIÇÃO E O VELHO*

— Você quer que eu acredite nessa história maluca?! — disse Adriana, sem conseguir acreditar em uma só palavra do que acabara de ouvir. — Quer dizer então que tem um fantasma morando na Matriz de Santo Antônio? — completou ela, sorrindo. — Eu não acredito nisso. E este moleque, ele também falou com o fantasma? — perguntou ela, apontando para Joaquim.

— Não. Só eu consigo ouvi-lo — disse Lucas. — E então, será que você poderia me deixar ver o livro novamente?

Adriana pensou que aquilo não faria nenhum mal e foi buscar o livro.

Enquanto isso, Lucas pensava em como um menino tão jovem como Joaquim teria tanto poder de convencimento. Lucas decidira abandonar aquela aventura mas Joaquim, depois que presenciara o sumiço dos nomes, passou a acreditar em toda a história e queria ir até o fim.

— Ainda não sei se tomei a decisão correta — disse Lucas.

— Claro que tomou! — disse Joaquim. — Pode ficar tranquilo que eu vou cuidar de você. Não vai acontecer nada com a gente.

Adriana voltou para a sala, e Lucas logo pegou o livro, começando a folheá-lo.

— Então, me empresta o livro durante um tempo? — perguntou ele.

Adriana adorava aquele livro, era uma das poucas lembranças que sobraram de seu bisavô. Não iria deixar alguém sair com ele só porque um fantasma maluco queria ir embora deste mundo.

— E pra que você quer ele? — perguntou Adriana.

— A gente vai cumprir a segunda tarefa que vai ajudar o fantasma a sair da igreja... — disse Joaquim, que foi bruscamente interrompido por Lucas.

— Pode confiar em mim — disse Lucas. — Eu devolvo seu livro.

— Só empresto meu livro sob uma condição — disse a garota. — Quero ir junto com vocês. Quero entender melhor essa história

— Ah, não — falou Lucas. — Isso não.

— Isso não por quê? — perguntou Adriana deixando evidente que não gostara nem um pouco daquela negativa.

— Pode ser perigoso — respondeu Lucas.

— Me diga quais são os perigos e eu tomo a decisão se quero ir ou não! — exigiu Adriana.

— Mas eu não sei, eu não sei o que pode acontecer — completou Lucas. — Tome, pegue o seu livro. Estou cansado. Vamos terminar isso por aqui, não vou envolver mais ninguém.

— Ah não, essa não — gritou Joaquim.

Adriana pegou o livro e acompanhou Lucas saindo da loja com o olhar. De repente, encheu-se de coragem e correu atrás do rapaz.

— Lucas — disse ela. — Essa história que você me contou do fantasma...

— Sim — respondeu Lucas.

— Você disse que meu biso sofreu uma maldição por causa do fantasma. Se for mesmo verdade que meu biso pode estar sofrendo por aí e que talvez neste livro tenha alguma coisa que possa ajudá-lo, você deve isso a ele, Lucas — disse a garota com lágrimas nos olhos. — Você deve isso a mim!

Lucas não suportou ver os olhos tristes de Adriana. Ao pegar o livro, tocou nas mãos da garota. O rapaz não resistiu, abraçou-a e beijou-a como se somente os dois existissem naquele momento. Adriana deixou-se envolver e logo não sentia mais os seus pés no chão.

Teriam ficado naquele beijo para sempre não fosse Joaquim, que ficou dando pulos de alegria ao perceber que a história não iria terminar por ali.

23 *O LIVRO SE REVELA*

Os momentos recentes foram muito importantes. Embora sentisse medo, Lucas estava mais seguro com seus dois aliados.

Adriana agora era uma parceira. Pedira licença a sua mãe para deixar a loja naquele dia, e Lucas lhe contara todos os detalhes da história desde que chegara na cidade até aquele momento.

— Agora só falta pegar o tesouro — disse Lucas.

— Tesouro, pra que serve o tesouro? — perguntou ela. Lucas explicou que o tesouro era fundamental para a conclusão da segunda tarefa.

Correram para a pensão e Lucas procurou Joia.

— Sua tia saiu — disse Dona Violeta. — Mas lhe deixou este bilhete.

"Tia Joia e seus bilhetes", pensou Lucas. Abriu-o rapidamente.

Querido Lucas,

Você saiu muito cedo hoje e nós não tivemos tempo de conversar. Esse tesouro é realmente muito importante. O próprio santo parece ser uma obra autêntica do Aleijadinho. Precisei levar tudo para alguns especialistas. Logo terei novidades. Não apronte nada por aí!

Se precisar de mim, vou estar no mesmo endereço da outra vez.

Um beijo.

— Essa não! — gritou o rapaz. — Agora a gente nunca mais vai ver esse ouro — Lucas sabia que cada moeda seria analisada e tudo isso levaria dias. Mesmo assim, nunca iria conseguir permissão para pegar o tesouro de volta.

— Vamos pedir outro para o fantasma! — disse Joaquim.

É provável que perdessem muito tempo. Lucas teve então uma ideia que talvez desse certo.

— Você ainda tem as moedas que eu te dei? — perguntou a Joaquim.

— Tenho.

Lucas as tomou sob protestos do garoto e correu para a colina onde ficava a capela de São Francisco de Paula. Dali se via toda a Tiradentes. Aquela vista suscitava uma sensação imensa de liberdade. Para cumprir a segunda tarefa Lucas deveria estar exatamente naquele local com o livro do velho e o tesouro.

— Afinal de contas, o que a gente faz agora? — quis saber Joaquim.

— Este livro não é um livro comum — disse Lucas. — Nele estão escritos vários segredos mágicos.

— Mas isso não é possível! — falou Adriana. — Meu biso não era nenhum bruxo, ele nunca poderia ter escrito nenhuma feitiçaria neste livro.

— Não foi ele — completou Lucas. — Ou melhor, foi, mas quem ditou tudo foi o fantasma. Enquanto ensinava seu bisavô a escrever, o comendador ia colocando palavras secretas entre as frases que, se lidas na ordem correta, causariam a libertação do fantasma. O comendador finalmente poderia sair da igreja! Quem ensinou essa magia para ele foram outros fantasmas que vagavam pelo mundo e que também tentavam encontrar alguém para ajudá-los.

— Ué, e o que há de tão difícil nisso? Era só ele ter pedido para alguém fazer isso antes — disse Adriana.

— Ele pediu! — disse Lucas tristemente. — Ele pediu para o seu biso.

— Como é? — espantou-se a moça.

— Sim. A primeira dificuldade do fantasma é encontrar alguém que possa ouvi-lo — explicou Lucas. — Aí tem que convencer a pessoa a ler a frase. Depois que começarmos, vamos ter apenas meia hora para terminar a leitura. Seu avô tentou; acontece que, como ele não sabia ler direito, ele errou e...

— E o quê? — quis saber Adriana.

— Ele também iria se tornar um fantasma quando morresse — disse Lucas hesitante. — Foi essa a maldição que caiu sobre seu biso. Esta pode ser a chance de ele ser libertado também. Nem o comendador sabe por onde ele anda. Foi isso que seu biso tentou me avisar, me impedir de chegar perto do fantasma. Se eu falhar aqui, vou sofrer a mesma maldição.

Joaquim, que já tivera uma pequena amostra do perigo, engoliu em seco. Adriana mostrou-se apreensiva.

— Ainda quer mesmo continuar? — perguntou ela preocupada.

O silêncio que se fez no ar deu a resposta que Adriana esperava. Lucas estava com medo, mas chegara a um grau de envolvimento tão grande que seria impossível voltar atrás naquele momento. Como viveria com aquele fracasso na vida? Não teria tranquilidade sabendo que se deixara vencer pelo medo.

Lucas se sentou, abriu o livro e olhou em direção à Matriz de Santo Antônio. Pegou as moedas de Joaquim e começou a folhear o livro.

— O que vai fazer com as minhas moedas? — perguntou Joaquim.

— É o tesouro que vai me indicar as palavras que eu devo dizer. Tenho que deslizar as moedas por cada palavra do livro e as que brilharem são as escolhidas para formar a frase — explicou Lucas.

— E qual é o tamanho dessa frase? — quis saber Adriana.

— O fantasma me disse que seriam oito palavras. Ele disse que a frase sempre muda e, portanto, não sabe qual pode surgir. O importante é que eu não erre. Tenho doze moedas. Posso errar quatro vezes.

Lucas pegou a primeira moeda e começou a deslizá-la pelas palavras do livro calmamente.

— Veja, brilhou mesmo! — Adriana não podia acreditar no que estava vendo. — Então é tudo verdade!

A moeda adquiriu um brilho muito intenso quando encontrou a palavra "liberdade". Lucas tomou fôlego e disse:

— Liberdade!

A moeda então brilhou fortemente e sumiu das mãos de Lucas. Todos ficaram encantados com aquilo. O garoto continuou com o trabalho.

Joaquim estava empolgado e preocupado, torcia para dar tudo certo, assim, ele ganharia de volta as moedas que sobrassem. Pensava em uma maneira de acelerar aquele processo. Quando a moeda se aproximou da palavra "cousa" e começou a brilhar ele se empolgou e gritou.

— Coisa!

— Ai! — gritou Lucas!

— O que foi? — perguntou Adriana.

— A moeda me queimou e sumiu. Quem mandou você abrir a boca, Joaquim? Veja só o que aconteceu! — a palavra "coisa" estava escrita como se falava há duzentos anos e Joaquim não sabia disso. — Veja só, perdemos uma moeda! — Joaquim se desculpou e ficou quieto. Lucas pegou uma outra moeda e passou novamente por cima da palavra "cousa", mas não funcionou. — Meu Deus, não está dando certo! — Lucas ficou aflito. O tempo estava passando.

— Tente outra palavra — gritou Adriana. — Talvez tenha mudado.

Lucas passou a moeda por páginas inteiras e nada brilhou.

— Não é possível, isso não pode estar acontecendo. E agora? — disse Lucas aflito.

24 *A VINGANÇA ACONTECE*

Na igreja, o fantasma torcia tanto para que tudo desse certo que nem percebeu quando um outro fantasma entrou.

— Você não se cansa de fazer o mal! — disse uma voz.

O fantasma se virou e mal acreditou no que viu.

— Velho José! — disse o comendador. — Enfim entrastes na igreja!

— Eu não queria te ver de novo. Nunca mais! — disse o velho. — Por sua culpa eu estou condenado a vagar para sempre.

— Mas existe uma chance! — disse o comendador. — Os meninos estão tentando resolver tudo agora.

— Resolver? Como? A tarefa é muito perigosa, e eu não te perdoo por ter envolvido minha querida Adriana nesta história. Vou acabar com tudo isso.

O fantasma não acreditava. Outra vez o velho poria tudo a perder.

— Você vai pagar por todo o mal que vem fazendo. Não vou deixar acontecer com outras pessoas o que aconteceu comigo — disse o velho.

O comendador sentiu-se ameaçado.

— Vou trancá-lo para sempre no seu túmulo. Você nunca mais vai sair dele! — dizendo isso, o velho José emitiu uma forte luz e começou a empurrar o comendador em direção ao seu túmulo na igreja.

— Não! A menina entrou nisso porque quis! Eu não fiz nada! — gritava o comendador, sem conseguir reagir à força daquela luz.

O velho queria vingança. Nunca pensara em ser cruel como o comendador, mas não poderia tolerar que sua bisneta tivesse um destino tão infeliz como o dele. Decidiu que iria acabar com tudo de uma vez por todas.

O comendador, que começava a perceber sua própria luz se apagando, perdia as forças. Logo agora, que estivera tão perto de conseguir sua libertação, seria condenado para sempre.

Não restava mais esperança. O fantasma sentia-se fraco. A energia do velho era muito forte. O comendador se despedia para sempre.

No alto da colina, depois do erro que Joaquim cometera, Lucas estava incrédulo. Joaquim o salvara uma vez para condená-lo depois? Agora o rapaz tinha certeza de que não deveria nunca ter continuado com aquela história.

— Joaquim, o que foi que você fez? — lamentava-se Lucas. — Por que tinha que abrir a boca?

— Eu só queria ajudar — respondeu o garoto.

— Ajudar? — gritou Lucas. — Agora eu estou perdido por sua causa.

— O fantasma não lhe disse o que a gente teria que fazer numa situação dessas? — perguntou Adriana, aflita.

— Não. Nem ele sabe! Eu não imaginei que isso fosse acontecer — Lucas continuou tentando sem sucesso.

— Se eu soubesse, não teria dito nada — lamentou Joaquim.

... Vou trancá-lo para sempre no seu túmulo.

Lucas teve então uma ideia. Talvez a magia tivesse passado para o charreteiro. Resolveu tentar. Deu-lhe a moeda e pediu que passasse por cima da mesma palavra. Dito e feito, a palavra brilhou.

— Agora fale com cuidado! — disse Lucas.

Joaquim disse pausadamente — "Cousa" —, a moeda brilhou e sumiu no ar. Todos deram pulos de alegria. Joaquim ficou com medo de errar de novo. Lucas, então, desejou que a magia voltasse para ele. Ao encontrar a próxima palavra, fez exatamente o que Joaquim havia feito, pronunciou errado, a moeda queimou a mão de Joaquim e sumiu. Lucas ficou aliviado. Só podiam errar mais duas vezes, mas agora ele tomaria muito cuidado. Entendeu que a magia funcionaria para qualquer um, bastava apenas que a pessoa conhecesse o segredo, o que era o mais difícil, já que só o fantasma poderia contá-lo.

Lucas retomou a tarefa mas nenhuma palavra brilhava. Não era possível que tudo estivesse dando errado novamente. Devolveu a moeda para Joaquim e pediu que tentasse. Também nada aconteceu. O tempo se esgotava.

— Ah, não, de novo não! — gritou Lucas.

Agora era Joaquim que se mostrava desesperado. Nem pensou em tesouro, em coisa alguma. A única ideia que lhe vinha à cabeça era a de que iria se transformar em um fantasma e ficar vagando para sempre por Tiradentes.

— Aposto que você fez de propósito — gritou o charreteiro para Lucas. — Só para se vingar de mim.

— Eu não — defendeu-se Lucas. — Eu só estava tentando impedir você de fazer mais alguma coisa errada.

— Chega, parem de brigar! — gritou Adriana. — Isso não vai ajudar a resolver nada. Me deixe tentar! — disse Adriana.

— Não. Você não! — gritou Lucas.

— E se ela for a nossa única chance? — gritou Joaquim. — Você precisa tentar, Adriana.

— Ele tem razão, Lucas. Estamos todos juntos nisto — Adriana pegou uma moeda e, no momento em que tocou no livro, sentiu muito frio. Achou estranho porque era uma tarde de forte calor.

— Estou sentindo muito frio — disse ela.

Lucas abraçou a garota, estranhando aquele frio repentino que somente ela sentia.

Adriana decidiu continuar. Pegou então a moeda e a deslizou suavemente pelo livro. O frio ficava cada vez mais intenso. Ao encontrar a palavra "mais" a moeda brilhou. Os garotos vibraram de felicidade, e Lucas tapou a boca de Joaquim. Lucas entendeu que cada um talvez só tivesse uma chance de acertar, por isso o velho não conseguiu ir até o fim. Devia ter cometido um erro, e ninguém estava com ele para ajudá-lo. O tempo acabou, e o velho falhou na tarefa.

Adriana continuou a ação e logo atingiu a última das oito palavras: "Mundo". A frase estava completa.

LIBERDADE É A COUSA MAIS IMPORTANTE DO MUNDO.

Assim que completaram a frase, o livro também desapareceu no ar. Levou com ele todas as memórias anotadas pelo velho José ao longo dos anos.

Por fim, sobraram duas moedas de ouro, que Adriana entregou para Lucas. A garota não sentia mais frio. Os três ficaram aguardando para ver se acontecia mais alguma coisa, mas tudo ficou como sempre esteve.

— Então, será que é só isso? — perguntou Adriana.

— Será que a gente ainda vai virar fantasma? — amedrontou-se Joaquim.

— Não sei — respondeu Lucas. — Mas só tem um jeito de saber.

25 LIBERTAS QUÆ SERA TAMEN

(LIBERDADE, AINDA QUE TARDIA)

Antes de chegar na igreja, Lucas não tinha certeza se tudo tinha dado certo ou não. Entraram todos; estava vazia. Todos os restauradores tinham acompanhado Joia na investigação das peças desenterradas.

— E então? — perguntou Joaquim. — O fantasma está aí?

— Eu não estou vendo ele por aqui — respondeu Lucas.

— Não? — decepcionou-se Adriana, que estava muito curiosa.

— Sumiu. Deve ter acontecido alguma coisa — concluiu Lucas.

"Obrigado, obrigado."

Lucas teve a impressão de ouvir uma voz.

"Eu sabia que ia funcionar desta vez."

Agora Lucas tinha certeza, tinha mesmo ouvido a voz do fantasma. Mas onde ele estava? A voz estava fraca, mas Lucas conseguiu identificar sua origem. Vinha direto do túmulo do comendador. Correu até lá e encontrou o fantasma caído no chão quase sem brilho.

— O que aconteceu? — quis saber Lucas.

Adriana achou estranho ver Lucas conversando com o nada, e Joaquim lhe lembrou que somente ele conseguia ver e falar com o fantasma.

— Aconteceu uma coisa muito, muito especial. Eu queria que fosses contando tudo para Adriana — o fantasma, lentamente, ia recuperando seu brilho.

O fantasma contou o que acontecera dentro da igreja: que o fantasma do velho José tentara destruí-lo. Entretanto, o velho sentiu quando Adriana tomou o controle da magia e, com medo de que acontecesse alguma coisa de ruim a sua bisneta, ele abandonou o comendador e correu em seu auxílio.

— Por isso eu senti aquele frio. Meu biso queria falar comigo!

— Isso mesmo — continuou Lucas. — Ele tentava te impedir de qualquer maneira, mas, quando conseguimos cumprir a tarefa, seu bisavô deixou de ser um fantasma.

— Foi então que o velho José me perdoou — continuava o comendador. — Logo em seguida, ele foi para o Paraíso. Eu vi tudo acontecer. Diz-lhe também que ele deixou um recado, que a ama muito.

Adriana desabou em lágrimas. Lucas a abraçou e adorou sentir o contato de seu corpo junto do dela naquele momento de emoção e alegria.

— E a gente, seu fantasma? — perguntou Joaquim sem saber muito bem para onde olhar. — A gente vai virar fantasma ou não?

— Diz-lhe que não! — respondeu o comendador. — Vós estais livres.

Lucas respirou aliviado e contou para Joaquim que gritou de alegria.

— Então agora só falta uma tarefa! — gritou Lucas.

— Não — disse o fantasma. — Ainda falta uma coisa para acabar esta!

"Ah, não", pensou Lucas. " O que será agora?"

26 LÁGRIMAS PARA O PARAÍSO

Lucas não podia acreditar que estava fazendo aquilo.

"Se tia Joia descobrir ela me mata", pensava ele enquanto arrancava as tábuas do chão. Com a ajuda de Joaquim e Adriana, começou a desenterrar o comendador. O mais estranho era ver que era o próprio fantasma dele quem dava as instruções.

— Isso mesmo — dizia ele. — Podeis arrancar esta tábua. Caveis mais para a esquerda. Isso, calma.

A terra era muito dura, e a sorte dos garotos era que todo o material usado na restauração da igreja estava disponível e eles podiam arrancar pregos e cavar sem ter que sair procurando pás e alicates por toda a cidade. Os três trabalhavam juntos e isso facilitava um pouco o trabalho.

— Falta muito? Este trem dá muito trabalho! — reclamava Joaquim.

Mais um pouco de escavação e, finalmente, encontraram uma placa de pedra. O fantasma gritou que bastava removê-la e...

— Aiiiiiii! — gritou Adriana ao ver surgirem os ossos do comendador dentro da sepultura. Havia muita poeira, muita terra misturada com tudo.

— Oh, me desculpem, eu me esqueci de que isso poderia acontecer. Eu já vejo isso há tanto tempo que nem me incomodo mais.

— E agora, o que eu faço? — disse Lucas trêmulo, tentando ainda acalmar Adriana.

— Procura do lado esquerdo, onde deveria estar meu coração, e vais encontrar o que eu preciso.

Lucas ficou intimidado de enfiar a mão naquele ambiente, mas não teve jeito, queria acabar logo com aquele serviço. Enfiou a mão e imediatamente sentiu algo gelado de metal. Puxou o objeto e viu que era de ouro. Sentiu-se um ladrão de túmulos, não podia acreditar que estava fazendo aquilo.

— Pronto, aí está ela. A razão de toda a minha infelicidade — desabafou o fantasma.

Era a pedra bruta de ouro. Foi por ela que o fantasma brigara com sua família na última noite em que vivera.

— Minha mulher mandou que a enterrassem junto comigo. Ela temia que eu pudesse voltar para reclamá-la. Acabou dando certo, fiquei preso aqui.

Os olhos de Joaquim estavam fixos no objeto. Lucas o chamou de volta à razão e fecharam novamente o túmulo do comendador.

— E agora, o que eu faço? — perguntou Lucas.

— Leva ela para fora. Assim eu também poderei sair da igreja!

Lucas explicou aos amigos o que tinha que fazer. O rapaz segurou a pedra nas mãos e caminhou para fora lentamente. Seguia-o o fantasma, apreensivo e muito curioso. Após duzentos anos, sairia da igreja.

Lucas já estava do lado de fora e viu quando o fantasma arriscava sua saída. Primeiro hesitou, como se tivesse medo de ser atraído novamente, mas deu um grande impulso e logo estava no adro, vagando pelos túmulos antigos, pelo muro. Parecia uma criança que acabara de ganhar um doce delicioso.

— O que está acontecendo? — perguntou Adriana.

— O fantasma está passeando — disse Lucas. — Está andando, ou melhor, está dando voltas ao redor do relógio de sol.

— Posso ver a pedra de ouro? — pediu Joaquim.

— Sim — disse Lucas.

— Livra-te desta pedra — gritou o fantasma ao ver Joaquim pegando-a. — Ela só me trouxe infelicidade, não quero que prejudique mais ninguém.

— Está certo — respondeu Lucas tomando-a de volta de Joaquim, que ficou contrariado por tê-la segurado por tão pouco tempo.

— Então, estás pronto para a terceira e última tarefa? — quis saber o fantasma. — Não temos muito tempo. A próxima é, como eu te disse, a mais difícil. Só falta uma coisa para que eu vá para o Paraíso. Preciso que alguém que me ame chore a minha morte — disse o fantasma.

De acordo com o que Lucas se lembrava, ninguém havia chorado pelo comendador quando ele morrera. Como é que isso iria acontecer agora?

— Existe uma chance — continuou o comendador. — Tu terás que voltar ao passado e convencer alguém a chorar por mim.

— Voltar ao passado? — espantou-se Lucas. — Mas como? Você disse que todos te odiavam — insistiu o rapaz.

— Por essa razão é ela a tarefa mais difícil. Também não sei. Eu era muito diferente do que sou hoje. Mas é isso que terás que fazer. Vai para casa descansar e encontra comigo hoje à meia-noite no chafariz. Tu não terás muito tempo! Apenas algumas horas para cumprir esta tarefa. Quando amanhecer, caso não a tenhas cumprido, eu só terei uma nova chance daqui a cem anos.

Lucas não tinha ideia de como iria conseguir fazer alguém amar o odiado comendador em poucas horas.

— Para tentar facilitar a tarefa, ditar-te-ei uma carta que entregarás para minha esposa no passado. Talvez ela ainda tenha algum amor por mim — Lucas anotou as palavras que o fantasma lhe ditava. — Dependo de ti, Lucas. És o único que pode conseguir as lágrimas que vão me levar ao Paraíso — dizendo isso, flutuou cidade afora. Não adiantou Lucas gritar e chamá-lo de volta. O comendador queria deixá-lo sozinho para que decidisse com calma o que fazer.

— Você vai voltar para o passado? — espantou-se Joaquim quando Lucas contou a última tarefa. — Como é que você vai fazer um trem desses?

— Não sei. O fantasma só me disse que eu tenho que ir para o chafariz hoje à meia-noite — respondeu Lucas. — Ele disse que tem uma hora certa para isso acontecer, mas não me disse qual é. O que você acha disso, Adriana?

— Se isso acontecer mesmo, eu quero que você tenha muito cuidado — dizendo isso deu-lhe um beijo carinhoso.

— E como é que você vai voltar para o passado com esta roupa? — perguntou Joaquim, tão acostumado que era a explicar para os turistas os hábitos e costumes das pessoas de antigamente.

— É verdade — respondeu Lucas.

— Ah, mas isto é muito fácil de resolver! Vamos até a loja de fotografias — comentou Adriana lembrando-se de que a loja possuía uma grande quantidade de roupas de época, objetos e cenários que os turistas utilizavam para tirar fotos antigas nas ruas de Tiradentes. — E só a gente ir lá, alugar uma roupa e você vai estar prontinho para voltar duzentos anos no tempo — completou ela.

Foi assim que eles decidiram ir para a loja. Lucas experimentou uma série de roupas e logo já se sentia como um rapazote do século XVIII. Adriana escolhia cuidadosamente cada peça que ele experimentava.

— Você está pronto — disse Joaquim. — Agora é só ir para sua casa, esperar o horário, encontrar com o fantasma, voltar duzentos anos no tempo, conseguir fazer alguém chorar pelo comendador, voltar para o presente e, pronto, está resolvido o problema do fantasma. Fácil demais, uai!

— Não fale assim que ele vai ficar com medo — repreendeu Adriana.

— Só espero que ele mostre outro tesouro para a gente. Não é justo que não tenha sobrado nada — disse Joaquim, cobiçando as duas moedinhas que sobraram e que Lucas decidira levar consigo para qualquer emergência.

Lucas pagou o aluguel da roupa e saíram da loja. Sentaram-se em uma praça, e Joaquim tratou de contar tudo o que sabia do passado da cidade. Explicou que não existia luz elétrica, mas o calçamento deveria ser o mesmo. Talvez não existissem tantas construções. Provavelmente andariam pelas ruas soldados, que tratavam dos interesses da coroa portuguesa, e escravos cuidando de afazeres domésticos. Joaquim o avisou para não usar palavras dos dias de hoje para que as pessoas não o estranhassem mais ainda.

— Acho melhor a gente se despedir por aqui — disse Lucas. — Já está ficando tarde e, como o fantasma falou, agora só depende de mim.

— A gente não pode mesmo ajudar? — insistiu Adriana.

— Não, desta vez é só comigo — completou Lucas.

Despediram-se, e Lucas tomou o caminho da pensão. Incomodava-o o pacote de roupas da loja de fantasia que carregava. Ao chegar, foi direto para o seu quarto. Largou tudo sobre a cama. A única coisa que o distraía era a lembrança do beijo que Adriana lhe dera como desejo de boa sorte.

27 ÚLTIMO DESEJO

Faltava pouco para a meia-noite. Lucas mal dormira, excitado que estava, mas já era hora de sair. Colocou a roupa do passado em uma sacola e foi em direção ao chafariz.

— Onde estará o fantasma? — pensou ele ao encontrar o local deserto.

Então, Lucas notou uma luz se aproximando do alto da serra. Era o comendador que vinha lentamente.

— Que bom que vieste! Vi coisas incríveis. Como o mundo mudou! Observei um ônibus. Achei engraçado aquele monte de gente andando junta. No meu tempo, eram só carruagens bem pequenas. Vi um trem imenso que deixaria a nossa pobre Maria-Fumaça morta de vergonha. Entrei até num cinema, que maravilha! — disse ele. — Mas não me esqueci de ti — completou o comendador. — Se não tivesses aparecido eu iria puxar o teu pé hoje à noite.

— Agora não são horas para brincadeiras — disse Lucas.

— Mas não é isso que fazem os fantasmas? Assombrar os outros? Quero me divertir, recuperar o tempo perdido.

— Se foi para isso que eu te libertei, já estou arrependido!

— Não, eu estava brincando — completou o fantasma. — É que fazia tanto tempo que eu estava preso, que eu nem sequer imaginava como seria ver outras coisas de perto.

Lucas não compreendia muito bem o que o fantasma sentia. Devia ser algo muito complicado, não dava para imaginar o que seria ficar preso duzentos anos em um só lugar.

— Bem... Acho melhor cumprimentares teus amigos — disse o fantasma.

Lucas não entendeu, mas bastou olhar para o lado e lá estavam Joaquim e Adriana atrás da fonte.

— O que estão fazendo aqui? — perguntou Lucas.

— Ficamos preocupados — disse Adriana.

— A gente achou melhor aparecer, uai. Todos estamos juntos neste trem — completou Joaquim. — E agora, o que vai acontecer?

O fantasma aproximou-se da fonte e chamou Lucas.

— Bem... Está chegando a hora — disse o comendador.

Lucas sentiu um arrepio.

— Aproxima-te — chamou o fantasma. Lucas obedeceu.

Durante o dia o chafariz era um monumento de grande beleza. À noite, deixava um ar de mistério. O Chafariz de São José foi construído em 1749, pela Câmara Municipal, para fornecer água potável para a cidade, como o fazia até os dias de hoje. No alto está gravado o brasão de Portugal e, logo abaixo, três grandes carrancas jorram água ininterruptamente formando um lago que deveria escorrer para o leito do rio. A água era clara, cristalina, deliciosa.

— Vamos, conte, o que vai acontecer? — pediu Lucas.

— Esta é minha grande chance — começou o fantasma. — Espero que consigas cumprir o que falta. Se não conseguires, não te apavores, tu me libertaste. Já posso viver os próximos cem anos de modo um pouco diferente, pelo menos.

— Vou tentar fazer tudo certinho — comentou Lucas comovido.

— Vê bem — prosseguiu o fantasma. — Em épocas especiais, estas três carrancas jorram águas mágicas. Elas podem realizar qualquer desejo, assim como várias outras fontes do mundo.

— Então, eu posso pedir qualquer coisa? — disse Lucas.

— Sim. A dificuldade é que os humanos nunca sabem o momento em que a água da fonte pode realizar seus desejos — disse o fantasma. — Normalmente, as pessoas só pedem para voltar às cidades que visitam. Ah, se as pessoas soubessem o que uma fonte pode fazer!

"Ah, se Joaquim soubesse", pensou Lucas.

— Cada uma das bocas tem uma função — continuou o fantasma. — Uma realiza desejos do passado, a outra, do presente e a última, do futuro.

— E como eu vou saber qual eu tenho que usar? — perguntou Lucas.

— Vou lhe explicar. Cada pessoa viva só tem uma chance de usar a fonte na vida. Para me ajudar, tu irás gastar os teus pedidos do passado e do futuro. Só restará o do presente. Estás realmente disposto a gastá-los comigo?

Lucas pensou que, caso não tivesse aquela informação, jamais teria razões para se arrepender de não ter usado seus desejos em benefício próprio; por outro lado, nunca saberia daquela história se o fantasma não lhe contasse.

— Continue me contando — disse Lucas.

— Esta é a fonte do passado — disse o fantasma, apontando para a primeira boca do chafariz. — À meia-noite em ponto a água brilhará intensamente e tu deverás tomar um pouco dela com as próprias mãos. Em seguida, desejarás voltar ao passado, para a mesma época em que eu vivi.

Lucas olhou para a fonte e, lentamente, a água da primeira boca começou a sair mais brilhante.

— O que está acontecendo? — Joaquim estava impaciente. Lucas lhes contou as novidades. Como já era de esperar, Joaquim ficou empolgadíssimo.

— Se a fonte tem o poder de realizar desejos, uai, por que você não deseja logo que o fantasma vá para o Paraíso? — perguntou Adriana.

Lucas olhou para o fantasma atrás de uma resposta.

— Porque este é um desejo do passado — respondeu o comendador. — Já deveria ter acontecido. O máximo que consegues agora é voltar no tempo e tentar mudar alguma coisa que já aconteceu. É como uma segunda chance. Eu não posso mais voltar no tempo. Só tu podes me ajudar, voltando lá e convencendo alguém a chorar por mim. Para voltar ao presente, terás que beber da terceira carranca, que é a do futuro. É ela que te trarás de volta. Quando a lua cheia aparecer no céu será o momento de retornar. Se não voltares, ficarás preso no passado para sempre — completou o fantasma. — Vê, chegou a hora.

Lucas olhou para a fonte e, lentamente, a água da primeira boca começou a sair mais brilhante. Logo todo o jorro brilhava, era atraente, bonito.

— Decide agora, Lucas, se queres beber — disse o fantasma. — Tu não terás outra chance.

28 A VELHA TIRADENTES

As gotas de água caíam no rosto de Lucas. Ele abriu os olhos lentamente e sentiu-os arder com a luz do sol. Estava caído no chão. Levantou-se e olhou ao redor. Não podia crer no que via. Estava no meio da Tiradentes de duzentos anos atrás.

A cidade parecia ser a mesma que ele já conhecia. As casas já não eram mais ateliês de artistas. Pela rua, vários escravos carregavam dejetos para fora das casas e também grandes potes de água, para o interior das residências. Os homens utilizavam chapéus na cabeça, casaca e botas.

Ainda ficou revoltado ao ver dois escravos carregando uma senhora que ia confortavelmente sentada em uma liteira. Lucas pensou que ela poderia perfeitamente caminhar, seria até bom para ela, que estava bem acima do peso. Tinha vontade de gritar que os escravos não eram burros de carga e sim seres humanos, mas certamente iria causar grande confusão e não podia se dar àquele luxo naquele momento. Apenas lamentou o destino dos pobres negros que ainda teriam que esperar quase cem anos para o fim da escravidão no Brasil.

Olhou para o chafariz e logo se lembrou de tudo o que ocorrera. Aceitara enfrentar a última tarefa. Adriana ficou receosa mas prometera que ela mesma usaria seus desejos para trazer Lucas de volta se fosse preciso. O rapaz então trocou de roupa, bebeu da água e desejou voltar ao passado no momento do enterro do comendador. Acreditou que seria a melhor hora para fazer alguém chorar por ele. No início não sentira nada estranho, mas, de repente, teve a sensação de que a água percorria todo o seu corpo, como que procurando uma maneira de sair de dentro dele. Então, aquela sensação foi ficando cada vez mais forte até que ele caíra inconsciente acordando ali, no passado.

Tudo funcionara. Agora tinha que cumprir sua missão.

Olhou para o alto do morro e lá estava ela, a velha igreja, que nem era assim tão velha naquele momento. Correu na sua direção e logo atravessava a porta. A Matriz brilhava como nunca, o ouro reluzia nas paredes. Lucas sentiu um arrepio ao entrar. Estava vazia, somente um homem trabalhava nos fundos.

Era o coveiro. Lucas sentiu um calafrio. Sabia o que ele estava fazendo. Aquele era o local onde o comendador estava enterrado, lembrara-se das tantas vezes que fora até ali nos primeiros encontros.

— É o comendador Benjamin? — perguntou Lucas ao coveiro.

— Conhecia o defunto? — perguntou ele.

— Não — disse Lucas, sem saber muito bem o que responder.

— Foi tão arrogante e agora esta aí! — comentou o coveiro referindo-se ao comendador. — Preso para sempre no chão. Ninguém veio no enterro dele, só o senhor.

Lucas se lembrou de toda a história que o fantasma havia lhe contado. A situação era realmente muito triste, a igreja inteira vazia. Parecia até que as pessoas evitavam o local. A praça estava abandonada.

Foi então que sentiu falta do fantasma. Ele deveria estar por ali. Lucas sentou-se no banco da igreja e começou a procurá-lo, discretamente, sem chamar a atenção do coveiro.

Primeiro buscou pela luz brilhante, que sempre era muito fácil de se ver dentro da igreja, mas não a encontrou. Ele tinha que estar ali. Segundo sua história, ele deveria estar tomando conta do seu ouro. Foi então que algo chamou a atenção de Lucas: do lado do coveiro estava um vulto es-

curo, parecia um homem. Lucas forçou a visão e teve certeza, ali estava o fantasma. Teve a intenção de ir até ele, mas o estava achando esquisito. Ele ainda era o fantasma muito jovem, assustado. Era capaz de Lucas confundi-lo ainda mais. Ele ainda não sabia que estava morto e, pela sua expressão, estava sentindo muito ódio. Tentava, inutilmente, impedir o coveiro de terminar o seu serviço. Era melhor deixá-lo em paz naquele momento.

Então era isto: já havia acontecido. O comendador estava morto, enterrado e ninguém viera lhe dizer adeus.

29 *A CARTA*

Era uma pena que Lucas estivesse tão nervoso, do contrário teria notado os costumes antigos de um vilarejo brasileiro. Coisas simples como buscar água e preparar a comida eram trabalhos pesados. Tecidos e dinheiro, tudo diferente.

"Tia Joia adoraria estar aqui", pensou ele.

Mas, no caminho para a fazenda do comendador, Lucas se concentrava em cumprir sua tarefa. Graças às moedas que haviam sobrado do tesouro de Joaquim, ele conseguiu condução até a fazenda. Agora só sobrara uma. Joaquim iria ficar muito bravo quando soubesse.

— O comendador era um homem muito cruel — disse o condutor. — Tinha muitos inimigos. Ele judiou de muita gente, até do Aleijadinho.

— Aleijadinho? — Lucas fingiu-se de desentendido.

— É sim! Ele é um artista lá de Vila Rica, que veio trazer um santinho que o comendador havia encomendado. Um santo lindo, todo de pedra. O Aleijadinho tem muita dificuldade, mas mesmo assim fez a estátua e trouxe para cá. E não é que o comendador, além de não pagar o serviço, ainda expulsou ele da cidade?! Nem o padre conseguiu dar jeito.

"O fantasma era cruel de verdade", pensou Lucas.

— Pronto, chegamos — disse o homem.

Lucas saltou da carroça e foi em direção à porteira. Pensava na maneira com que iria explicar sua presença por ali.

— Quem és tu? — a pergunta veio de um homem ameaçador, montado em um cavalo, parado ao lado de Lucas.

— Eu queria falar com a senhora Maria Eugênia.

— Está de luto pelo comendador. Não vai falar com ninguém — respondeu o mal-encarado, rispidamente. — Podes ir tomando o teu caminho.

"Este deve ser um dos capangas do comendador", pensou Lucas.

— É que eu tenho uma carta do fantasm... Quer dizer... — corrigiu-se Lucas.

— ... Do comendador para entregar à senhora dele.

— Deixa ver! — o capanga manuseou o envelope estranhando aquele papel tão delicado e diferente dos que ele já havia visto. — E de onde és?

— Venho de Vila Rica — disse, seguindo as instruções do fantasma. — A notícia que eu tenho para dar é muito importante. Vai me deixar falar com ela ou não? — Lucas achou que, demonstrando autoridade, talvez o capanga o deixasse passar.

E acabou funcionando. O capanga estranhou aquele jovem rapaz, que falava diferente de todo mundo e usava uma roupa esquisita. Os cabelos longos de Lucas combinavam com a época, assentando-se muito bem no chapéu. Já a roupa discrepava dos modelos então existentes, pelo tecido e tom das cores, que ainda não existiam. O fato de ele ser um pouco mais alto que a maioria dos jovens de sua idade dava a ele uma aparência confiável no passado.

— Podes passar — disse o capanga devolvendo-lhe a carta. — Mas vou junto!

Lucas seguiu o capanga até a porta da casa e aguardou do lado de fora, enquanto ele chamava pela senhora.

Veio uma mulher que, embora mostrasse um olhar sofrido, ainda era bonita.

— É o senhor o mensageiro? — perguntou ela. Lucas confirmou com a cabeça. — Pode entrar — completou a senhora.

Lucas a seguiu até uma ampla sala com largas janelas que iluminavam todo o ambiente. Ela se sentou e pediu a Lucas que fizesse o mesmo.

— Então o senhor tem uma carta para mim? — disse ela.

— Sim — respondeu Lucas. — É da parte do comendador. Ele pediu a meu pai que lhe entregasse esta carta logo após sua morte. Meu pai encontra-se adoentado e pediu que eu cumprisse essa missão.

— Onde foi que ele escreveu esta carta? — quis saber ela.

— Em Vila Rica — respondeu Lucas.

— Quem é o senhor? Como soubeste da morte do meu marido? — indagou a mulher desconfiada.

Lucas lhe contou que era filho de homem de confiança do comendador em Vila Rica. Um homem que cuidava dos tesouros dele naquela cidade. Estava vindo, coincidentemente, para Tiradentes quando um mensageiro o encontrara no meio do caminho e lhe contara do sucedido. Correra o máximo que podia e lamentava ter perdido o enterro. A carta que trazia também era a razão da viagem, continuou Lucas, procurando as palavras certas para convencer a senhora. Explicou que o comendador desejava fazer uma cópia para o caso de alguma coisa acontecer com a original. Disse também que o comendador exigira que a carta só fosse entregue após a sua morte: temia que a esposa não a compreendesse. Como o comendador estava morto, e Lucas estava com a carta, achou que era o momento certo para entregá-la.

— O senhor já leu a carta? — quis saber ela.

Lucas, embora soubesse o que estava escrito, respondeu que não. Parecia que todas as suas desculpas eram aceitas pela senhora. Se ele contasse a verdade ela nem o teria recebido.

— Então ma entregue — disse ela firmemente. A mulher abriu a pequena folha de papel.

Minha senhora,
Escrevo para pedir-te perdão.
Meu amor por ti é eterno. Custou-me muito perceber quanto tempo perdi desdenhando a felicidade a teu lado. Tudo eu faria para curar as chagas que abri em teu corpo e em tua alma. Se eu pudesse saber das dores que sentias, como posso entender melhor hoje, não teria te causado tanto sofrimento.
Cada lágrima de dor que verteste me queima hoje como fogo.
Quisera ter tido apenas suas lágrimas de amor!
Perdoa-me pelos dias difíceis e pelos sofrimentos que infligi a nossas filhas. Amo-as mais do que tudo e espero que elas tenham uma vida mais feliz.
Ah, se eu pudesse corrigir os meus erros! Recuperar o tempo perdido.
Espero que o tempo cure tudo e que nosso amor dure para sempre. Sei que me amaste um dia!
Sinto muito a tua falta, e te suplico que sintas a minha um dia também.
Cuida de nossas filhas. Perdoa este que te amará para sempre.

Benjamin.

Lucas estava apreensivo, acompanhava os olhos da mulher que corriam rapidamente pela carta.

Ao terminar, a mulher dobrou o papel e o devolveu para Lucas.

— Leva isto embora! — disse ela. — Esta carta não é do meu marido.

Lucas surpreendeu-se. Esperara muitas reações, de raiva, de choro, de alegria, menos aquela rispidez com que a mulher o tratava.

— Mas por quê? — perguntou ele.

— Meu esposo não era dado a essas demonstrações de afeto. Vê esta nódoa em meu pescoço? — disse ela mostrando, pudicamente, uma marca que parecia causada por uma queimadura. — Este é meu marido, um homem violento que não pensava duas vezes antes de torturar os seus.

— Mas ele mudou, eu posso garantir! — interrompeu o rapaz.

— Quem é o senhor, afinal? O que queres de mim? Esta letra não é do meu falecido esposo. Esta carta não pode ter sido escrita por ele.

— Ele... Ele... — Lucas procurava as palavras. — Ele escreveu, ou melhor, eu escrevi para ele... é... Ele ditou para mim. Ele precisa do seu perdão.

— Espero que Deus o perdoe, porque não o farei jamais! — disse ela. — Agora peço que o senhor se retire. Silvério, vem aqui! — Em um segundo o capanga apareceu na sala. — Mostra a este senhor o caminho para a cidade — disse ela, retirando-se em seguida.

— Mais um momento, por favor — gritou Lucas. — Ele pediu para eu lhe entregar isto! — tirou então a pedra bruta do bolso e a entregou para a mulher.

Maria Eugênia olhou para o objeto que o rapaz segurava, e sua pele pareceu mudar de cor imediatamente, não podia acreditar no que estava vendo. Deu um grito e desmaiou em seguida.

30 *O CAPANGA LOUCO*

Lucas entendeu que cometera um erro. Esquecera-se de que a pedra tinha sido enterrada com o comendador. Provavelmente fora a própria senhora Maria Eugênia quem a colocara no caixão. Lucas acabara de passar por um ladrão de túmulos. Pegara a pedra quando se preparava para voltar para o passado. Sua intenção fora apenas a de mostrar à mulher algo que ela pudesse reconhecer como sendo do marido, a fim de compreender que ele não estava mentindo. Tinha sido um grande erro.

— O que fizeste com a senhora Maria Eugênia? — perguntou o capanga, enquanto várias mucamas acudiam a senhora.

— Eu não fiz nada — disse ele, escondendo a pedra no bolso.

— Vá embora daqui, agora mesmo — gritou ele. — És muito estranho.

— Não, por favor — insistiu Lucas. — Eu preciso falar com a senhora.

— Já falou o necessário. Eu mesmo vou mostrar o teu caminho para fora da fazenda — dizendo isso, Silvério tirou o facão da cintura e ameaçou o rapaz.

— Calma, não precisa empurrar — resmungou Lucas, saindo da casa.

Já afastados, o capataz se mostrou mais simpático. Certificou-se de que ninguém mais poderia ouvi-los.

— Que história é esta de tesouro do comendador em Vila Rica? Eu era de muita confiança e ele nunca me contou nada — perguntou o capanga.

— Isso não é do seu interesse — respondeu Lucas impaciente.

Neste instante o homem encostou seu facão na barriga de Lucas.

— Não fales assim comigo. Toma muito cuidado — o homem enfiou a mão no bolso de Lucas e puxou a pedra. — Como conseguiste isto?

Lucas demorou a perceber o perigo que estava correndo. Só pensava no ódio que a senhora Maria Eugênia sentia. Lucas havia falhado; a mulher não choraria pelo comendador. Como contar isso ao fantasma no futuro?

— Então, não vais me contar? — insistia o capanga.

Lucas percebeu que sua vida estava em risco. Poderia ser morto ali mesmo; o capanga sumiria com seu corpo e ninguém nunca mais saberia dele.

— Meu pai me mandou mostrar esta pedra para a mulher do comendador. Ele me disse que o falecido tinha uma igual e que a senhora iria reconhecê-la quando a visse. Assim ela iria acreditar em mim — reagiu Lucas.

— Nunca ouvi falar de tesouro do comendador em Vila Rica — disse o capataz, desconfiado. — Só sei que, de verdade, há muito ouro por lá.

— Ouro? Sim! Era isso mesmo que ele tinha com meu pai, muito ouro — disse Lucas. — Se eu demorar para voltar, meu pai vai ficar preocupado.

— E quem é ele? — quis saber o capanga.

Agora estava encrencado. Não tinha nenhum nome para responder.

— E então? — disse o homem, deslizando o facão pela barriga do rapaz.

— Cláudio Manuel da Costa! — respondeu o garoto, lembrando-se do nome do grande poeta da Inconfidência Mineira que conhecera durante as aulas de literatura e história.

— Não conheço! — respondeu o homem.

Lucas sentiu que havia encontrado um caminho. Se o capataz tentasse pesquisar sobre a existência do homem, certamente saberia que ele existia e, já que ele não o conhecia, Lucas poderia continuar a criar sua história.

— Sim, ele é meu pai e homem muito influente em Vila Rica.

— E o ouro? Fala-me mais deste ouro! — disse o homem manuseando a pedra. — Foi isto que vieste fazer aqui? Procurar por mais ouro?

— Sim, isso mesmo — respondeu o rapaz. — Preciso levar de volta algumas peças para meu pai. Vai acontecer a derrama e ele precisa delas.

— Quero ter certeza de que não estás mentindo — disse o capataz. — Quem me garante que não és somente um ladrão que veio roubar a viúva?

Lucas lembrara-se do tesouro que ele e Joaquim encontrariam no futuro. Deveria estar no mesmo lugar; afinal, ele estava no passado naquele momento. Decidiu mostrá-lo ao capataz. O fantasma haveria de indicar outro para que cumprissem a tarefa no futuro. O capataz concordou, devolveu a pedra para Lucas e o seguiu atento. Guiando-se pelo rio, Lucas alcançou o local correto. Demorou, entretanto. Começava a anoitecer. O homem estava impaciente, julgava estar sendo enganado.

— É melhor que encontres logo, senão...

Lucas sabia muito bem o que podia lhe acontecer. O cenário agora era diferente, as árvores estavam todas ali. Como não tinha certeza se poderia confiar no capataz, decidiu não mostrar o tesouro imediatamente.

— É por aqui. O comendador guardou uma grande fortuna por aqui. É só escavar — tudo então se clareou para Lucas. Agora era capaz de entender por que achara aquele lugar tão familiar antes quando estivera ali com Joaquim.

Os olhos do capanga brilharam. Lembrava-se vagamente daquele lugar. Algumas vezes vira o comendador indo naquela direção, sozinho, altas horas da noite, proibindo que qualquer pessoa o seguisse.

"Então era isso o que o velho maldito fazia", pensou ele. "Esta região deve estar forrada de ouro."

— Não tenho ferramenta para escavar agora — disse o capanga.

— Podemos voltar amanhã — disse Lucas. — Vamos para a fazenda, pegamos alguma coisa e voltamos ao amanhecer — o rapaz já planejara tudo. Voltaria para a fazenda e chantagearia o capanga dizendo que só lhe mostraria o local do tesouro se o deixasse falar com a senhora Maria Eugênia.

O capanga, porém, também já fizera seus planos. Era só ter paciência e escavar o ouro enterrado por ali. Lucas era um perigo. O que ele poderia ter de tão importante para conversar com a senhora Maria Eugênia? E se Lucas contasse para outras pessoas do tesouro; e se já contara?

— Está certo — disse o capanga. — Voltemos para a fazenda. Hoje não lograremos mesmo coisa alguma. Amanhã escavamos.

Lucas respirou fundo, preocupou-se com o tempo. Se esperasse até o dia seguinte, já seria tarde. Mudou então de ideia; iria convencer o capanga a escavar agora mesmo e voltar em seguida para a fazenda. Virou-se para conversar com ele e, neste momento, levou um grande susto. O homem veio na sua direção com o facão em riste. Lucas desviou e caiu no chão, o homem perdeu o equilíbrio, escorregando perto do rio. Lucas levantou-se e, ao tentar escapar, o homem segurou-o pelo pé. Lucas caiu na lama. Logo estava lutando contra o homem, que não conseguia encontrar o facão.

Começou uma luta corpo a corpo, o capanga com larga vantagem devido ao seu tamanho e força. Mesmo assim, existia o barro, que não lhe permitia manter-se firmemente de pé. A luta era desigual e tendia para a derrota de Lucas. Mas, de repente, escorregaram outra vez e caíram dentro do rio. Lucas conseguiu desvencilhar-se do homem e foi puxado pela correnteza. Naquele momento o capanga perdeu o rapaz de vista. Gritou, esbravejou, mas não adiantou nada. Lucas nadou enquanto a correnteza o arrastava rio abaixo. O capanga gritava tanto que parecia enlouquecido.

"O capanga louco", lembrou-se Lucas da história de Joaquim. "Então era ele!"

Sentiu um alívio profundo. Em alguns momentos, Lucas nadava até a margem para descansar um pouco. Seu tempo já estava se acabando. O rapaz sabia que o rio iria lhe levar até Tiradentes. Jogou-se novamente nas águas e, ajudado pela corrente, avistou a ponte de pedra da cidade. Novamente sentira o que tia Joia chamava de *déjà-vu*: entendia agora por que a ponte lhe causara aquela sensação estranha quando chegara em Tiradentes.

Saiu do rio, olhou para as ruas desertas. Correu pelas vielas e logo avistou o chafariz. Correu em sua direção. Sentou-se. Estava cansado, com frio, molhado e faminto. Sentiu vontade de chorar.

Falhara em sua missão. Como queria ter mais tempo para ficar por ali e tentar resolver tudo. Não era justo que tudo terminasse daquele jeito. Os perigos, seu regresso no tempo, tudo em vão.

As lágrimas escorreram de seus olhos quando viu que a água da fonte começava a brilhar. Era hora de voltar para casa.

31 FELIZ RETORNO?

O sol acabara de nascer. Lucas voltara para o presente. Bebera a água que o traria para o futuro. Sentiu o desejo de avançar mais cem anos para uma nova tentativa de ajuda ao fantasma, mas não queria correr o risco de ficar preso no futuro. Desejara chegar na manhã seguinte à noite em que partira. Quem sabe assim teria tempo de pensar em algo para contar ao comendador. Também não poderia deixar todo mundo esperando por ele para sempre. Tão logo voltou ao seu tempo, sentiu-se aliviado. Vendo os amigos, sentiu algum conforto, apesar de ter falhado em sua missão. Joaquim e Adriana dormiam tranquilamente ao lado do chafariz.

O rapaz estava ensopado. Ao enfiar a mão no bolso encontrou a carta do fantasma e a pedra. Eram a prova de seu fracasso. Após tantos esforços e riscos, daria uma grande decepção aos seus colegas.

Mal pensou isso, sentiu alguém batendo em seu ombro. Era Joaquim.

— E então? — perguntou ele. — Conseguiu? Deu tudo certo?

Lucas olhou para o garoto e não resistiu.

— Sim — respondeu ele. — Deu tudo certo.

— Quer dizer então que agora o fantasma vai finalmente entrar no Paraíso? — disse Joaquim, pulando de alegria. — Tudo acabado então. Foi divertido, parece que agora vai ficar um vazio danado dentro da gente. Eu vou trabalhar o resto do dia. A gente se vê logo mais à noite.

— O quê? — perguntou Lucas.

— Sim — disse Joaquim. — Não é hoje à meia-noite que ele vai embora? Eu quero estar lá. Quero ver o fantasma partir. Quem sabe ele não me dá mais uma dica para encontrar um grande tesouro?

Adriana acabara de acordar e quis saber o que estava acontecendo.

— Lucas! Como você está molhado! Vamos, troque já esta roupa — dizendo isso estendeu a outra roupa do garoto.

— O Joaquim disse que quer ver o fantasma ir embora para o Paraíso — disse Lucas à garota. — Mas não adianta porque vocês não vão enxergar.

— Não tem problema. Eu quero pelo menos estar lá. Acho que vai ser muito importante, uai.

— Até a noite! — disse Joaquim já indo embora. O charreteiro achava que teria, a partir de agora, uma grande história para contar para os turistas. Só ele saberia de todos os detalhes.

— E você? — perguntou Adriana. — Por que está tão molhado?

— É uma longa história — respondeu ele.

— Vamos, eu vou com você até a pensão — disse a garota. — Troque de roupa aqui atrás do chafariz. Me dá esta molhada que arrumo e devolvo na loja. Agora você precisa descansar. Tudo isso tem bagunçado a minha cabeça — continuou a garota. — Você começou a beber água da fonte e, de repente, sumiu — disse ela. — Depois eu vou querer que você me conte tudo o que aconteceu.

Lucas não teve tempo de dizer nada, a garota lhe estendeu a mão e saíram em direção à pensão. Ao chegar lá, despediu-se de Adriana e foi direto para o quarto descansar. Dona Violeta já se acostumara a vê-lo trocar o dia pela noite e nem se incomodava mais. Até mesmo Joia se especializara em inventar desculpas para a mãe de Lucas quando ele não estava na pensão. Dizia que ele estava dormindo e que depois ligaria. Joia imaginava que o jovem estaria sempre na companhia de Joaquim e Adriana, não correndo, portanto, nenhum perigo na cidade.

Lucas demorou para pegar no sono e, quando adormeceu, voltou a ter pesadelos; no entanto, sabia que, desta vez, não era por culpa do fantasma, mas sim por se sentir culpado e fracassado.

Acordou tarde naquele dia. Não tinha vontade de sair do quarto. Só pensava em encontrar uma boa desculpa para dar a todos os seus amigos. Pobre do fantasma, teria que esperar mais cem anos para tentar realizar seu sonho.

Perto da meia-noite, Lucas resolveu encarar a situação e encontrar com todos os envolvidos naquela história. Caminhava lentamente em direção à igreja sem saber muito bem o que poderia acontecer. Torcia para que a senhora Maria Eugênia, em algum lugar do passado, tivesse acreditado na história que ele lhe contara e chorado pelo fantasma. Era sua única esperança.

— Por que demorou tanto? — perguntou Adriana ao lado de Joaquim, ambos na porta da igreja. — Já é quase meia-noite!

Lucas estava com medo e vergonha de encarar os dois e, principalmente, o fantasma. Sentiu que deveria cumprir o combinado até o final. Sem dizer nada, Lucas guiou os amigos para os fundos da igreja e entraram.

Só escuridão e silêncio. Nada parecia sugerir que fosse acontecer algo de extraordinário naquela noite.

Mal entraram na igreja, o fantasma apareceu e colocou-se diante de Lucas, que engoliu em seco.

— Conseguiste? — quis saber ele.

— Sim, eu consegui — balbuciou Lucas.

— Conseguiu o quê? — quis saber Adriana.

— Estou contando para o fantasma que eu cumpri a terceira tarefa.

— E você ainda não tinha contado? — impressionou-se Adriana. — Eu pensei que você tivesse contado pra ele depois que a gente se falou.

— É que eu achei melhor contar quando nós três estivéssemos juntos — disse Lucas. — E depois, ele nem apareceu para perguntar.

— Muito obrigado — agradeceu o fantasma. — Se pudesse, abraçaria cada um de vós. Fiquei morrendo de medo de te procurar durante o dia, Lucas. Temia que algo de ruim tivesse acontecido contigo. Muito obrigado!

Lucas informou aos amigos que o fantasma estava muito grato.

— E agora? O que é que vai acontecer? — quis saber Joaquim.

O fantasma não tinha uma resposta para essa pergunta. Ele sabia o que poderia acontecer, mas, talvez, mesmo Lucas não pudesse ver coisa alguma. Não sabia se um simples mortal poderia notar aquelas coisas.

— Lucas — disse o fantasma. — Finalmente vou dar-te o meu presente. Meu tesouro, tudo o que eu juntei e escondi ao longo da minha vida — o fantasma então contou para Lucas a localização de muitos tesouros. O que ele escavara perto do rio, junto com Joaquim, era apenas uma parte extremamente pequena. E, naquele lugar, só havia mesmo aquele.

"O capanga louco nunca encontraria alguma coisa", pensou Lucas.

Joaquim saltitava de felicidade enquanto Lucas ia repassando as informações para os dois amigos. Adriana tomava nota de tudo.

— Lucas, já é hora! — disse ela mostrando o relógio: meia-noite. Chegara o momento. O fantasma estava ansioso. Seu brilho estava mais intenso.

— O que está acontecendo? — perguntou Joaquim.

— Nada! — disse Lucas. — Está tudo do jeito... — Mal disse isso e Lucas percebeu uma luz que foi surgindo lentamente na parte mais alta da igreja.

O garoto perdeu a voz. Era como se o sol, de repente, iluminasse toda a igreja. Ela ia se expandindo cada vez mais e, logo, toda a igreja estava iluminada. O fantasma lançou para Lucas um olhar de despedida e foi subindo calmamente em direção à luz. Era só isto que ele fazia, subia, subia, subia...

— O que está acontecendo? — insistiu Adriana.

— Uma luz, uma luz bem forte e o fantasma está indo em direção a ela — respondeu o rapaz, segurando a mão da garota.

Joaquim e Adriana não conseguiam ver nada.

— Ele está subindo, subindo... — disse Lucas. — Oh, meu Deus!

— O que foi? — perguntou Joaquim ansioso.

De repente a subida do fantasma foi interrompida e ele foi arremessado violentamente para o chão da igreja. Lucas ouviu seu grito, que não era de dor, mas sim de grande desespero. O garoto se assustou e teve vontade de sair correndo da igreja, mas as pernas lhe faltaram. Não conseguia se mexer. O fantasma, depois de recuperar o controle, tentou atravessar a luminosidade, mas foi novamente repelido com a mesma força.

— Eu falhei, eu falhei, me desculpe! — gritou Lucas. Adriana o abraçou e perguntou o que estava se passando.

— Eu falhei. Ele não consegue ir para o Paraíso, a mulher dele não chorou, não derramou uma só lágrima — Lucas notou que a luz estava diminuindo. — Me desculpe, me desculpe — o fantasma perdia a própria luz, parecia estar triste.

— Calma, Lucas, calma! — consolava Adriana.

— Eu falhei, eu falhei! — gritava Lucas. — Eu queria tanto que ele conseguisse... — e caiu em lágrimas. Eram lágrimas sinceras que vinham do fundo da sua alma.

De repente, o fantasma ficou estático parando no meio da igreja.

— Lucas, olhe aquilo! — disse Joaquim.

— O quê? — disse Lucas.

— A luz! Eu estou vendo a luz que você falou — continuou Joaquim. — E o fantasma também.

— Eu também estou — disse Adriana, emocionada.

Lucas olhou para o fantasma ainda com lágrimas nos olhos.

— Choraste por mim! — disse o fantasma. — Pela primeira vez alguém teve um sentimento terno em relação à minha pessoa — disse ele, subindo novamente em direção à luz, que desta vez parecia atraí-lo. Quanto mais ele se aproximava, mais sua própria luz brilhava, se confundindo com a que vinha do alto da igreja.

— Adeus, comendador, adeus! — Essas foram as últimas palavras que Lucas disse para o fantasma, que acabara de entrar no Paraíso.

32 *SONHAR É PARA TODOS*

Lucas não conseguira pregar o olho. Havia passado o resto da madrugada com Joaquim e Adriana. Estavam muito emocionados com o que acontecera. Ficaram um tempo sem saber o que fazer, saíram da igreja e caminharam por Tiradentes à toa. Quando finalmente veio o cansaço, Joaquim foi-se embora enquanto Lucas levou Adriana para casa. Trocaram um beijo, e o rapaz caminhou para a pousada imaginando quão cheio seria o dia que já raiava.

Foi para o seu quarto, deitou-se do jeito que estava mas, ao ouvir passos no corredor, levantou-se e deu de cara com tia Joia. Chamou-a para seu quarto e disse:

— Vou lhe contar uma história. Eu não estou louco, mas... — e contou tudo a ela. Mesmo achando que tudo não passava de um sonho do sobrinho, Joia prometeu-lhe averiguar tudo.

Lucas ainda tinha uma última coisa para fazer. Tomou café e saiu da pousada direto para o rio. Sentia-se grato àquelas águas por terem salvo sua vida. Era engraçado saber que ele poderia ter morrido praticamente duzentos anos antes de nascer. Tinha certeza de que jamais acreditariam inteiramente em sua história. Pensariam que ele encontrara um mapa perdido e que o jogara fora para tornar verdadeira aquela lenda maluca de fantasma aprisionado, lágrimas etc.

Mas era tudo verdade, uma das provas estava no seu bolso naquele momento. Olhava a corrente do rio quando pegou a pedra bruta, causa de tanta tragédia. Trouxera tanta infelicidade para o fantasma e quase tirara a vida dele próprio. Não tinha sentido guardar aquela peça, aquele ouro maldito deveria voltar para o fundo do rio, local de onde jamais deveria ter saído. Lucas tomou impulso e atirou a pedra longe; praticamente não a viu sumir em meio às águas.

De repente, o apito da Maria-Fumaça, que ligava São João del Rey a Tiradentes, o trouxe de volta à realidade. Precisava voltar à cidade e fingir que não sabia da festa-surpresa que estavam lhe preparando por causa do seu aniversário. Pretendiam comemorá-lo na pousada de Dona Violeta, ao entardecer. Joaquim dera com a língua nos dentes.

Agora a história tinha realmente acabado. Queria ver Adriana o mais rápido possível e ainda saber se tia Joia havia descoberto alguma coisa.

Joia se recusava a acreditar na história maluca que Lucas lhe contara. Fantasma? Tesouro? Tarefas mágicas? Volta ao passado? Tudo muito improvável. Porém, como explicar o aparecimento daquele tesouro? Por curiosidade, ela resolvera ir atrás de um dos locais que o sobrinho lhe falara e qual não foi sua surpresa quando realmente encontrou algumas joias antigas. Empolgada, colocou toda a sua equipe para verificar os locais indicados e todos provaram ter alguma coisa guardada. Eram joias, moedas de ouro, imagens sagradas e vários objetos.

"Tinha que haver alguma explicação melhor", refletia Joia.

A história correu pela cidade inteira e todos queriam falar com os três jovens. Se Lucas já havia ficado famoso em Tiradentes quando o velho caíra morto sobre ele, agora ia ficar conhecido em todo o Brasil. Televisões, jornais e revistas iam querer ouvir sua história e saber como ele havia descoberto todo aquele tesouro. Dona Violeta também ficara feliz e já sonhava com o grande movimento da sua pousada, todos os quartos lotados e ela contratando algumas jovens da cidade para ajudá-la com as muitas refeições extras que teria que preparar. Venderia pão de queijo como nunca!

Adriana, Joaquim e Lucas queriam, na verdade, um pouco de sossego. Joaquim, entretanto, ainda tinha cabeça para pensamentos mundanos.

— Mas eu não vou poder ficar com nada? — queixava-se. — Depois de tudo o que a gente passou eu vou sair de mãos vazias?

— Tome, Joaquim — disse Lucas dando-lhe a última moeda que sobrara. — Pode ficar com esta e não conte para ninguém que eu te dei.

— Mas só isto? — disse ele.

— Esse tesouro não nos pertence. O próprio fantasma me disse que ele só lhe havia trazido infelicidade. É melhor que fique em um museu, onde, no fim das contas, vai ser de todo mundo.

— É verdade — disse Adriana, concordando com Lucas e louca para lhe dar um beijo de feliz aniversário. Mas também tinha que se guardar para a festa-surpresa.

— Tudo bem — resignou-se Joaquim. — Agora que fiquei famoso, eu vou ser o guia mais procurado de Tiradentes. Já dei até uma entrevista para o jornal da cidade hoje. Vou ficar rico! Mas ainda tem mais uma coisa que eu quero fazer — disse o garoto se afastando dos dois jovens.

Enquanto Joaquim sumia, Lucas e Adriana voltaram para a Matriz. Colocaram uma flor sobre o túmulo do comendador e acreditaram que ele deveria estar muito feliz, pois havia realizado seu maior desejo.

— Será que ele foi embora por causa do meu chorinho bobo, Adriana? — comentou Lucas.

— Não achei bobo o seu choro — respondeu a garota. — Acho que no fundo, para que ele ficasse em paz, ele só precisava que alguém gostasse dele. E acho que nós fomos os primeiros a fazer isso.

Lucas ainda tinha suas dúvidas. Lembrou-se de que chorara também quando esteve no passado. Não sabia quais das lágrimas teriam ajudado o comendador: as do passado ou as do presente.

O rapaz sentia falta dele, de suas conversas, do medo inicial, enfim, de toda aquela emoção. Adriana entendia perfeitamente Lucas. Ambos se olhavam com carinho. Sabiam que nunca se esqueceriam daquele momento tão especial em que o comendador fora para o Paraíso. Beijaram-se como se tivessem sido feitos um para o outro.

— Mas onde é que o Joaquim foi afinal de contas? — disse Lucas.

— Eu sei — disse a garota. — Vamos lá que eu te mostro.

Saíram da igreja e correram em direção à grande escadaria, desceram, atravessaram as ruas estreitas de pedras tortas, acenaram para as pessoas na janela. Logo Lucas percebeu que tomavam o caminho do chafariz. Antes de chegar já viram Joaquim muito entretido com a água.

— O que você está procurando? — perguntou Lucas.

— Vamos, fale — disse Adriana. — Fale o que você me disse quando o Lucas desapareceu.

— Vou falar sim, quem sabe ele até não me ajuda, uai! — disse o garoto. — Quando você sumiu eu achei aquilo o trem mais esquisito de todo este mundo. Pensei que você estava brincando quando falou dos desejos. Mas, quando eu vi você sumir, entendi que era tudo verdade.

— Sim, era mesmo! — disse Lucas.

— Então isso significa que eu também tenho direito a três desejos, uai — disse ele. — E eu também tenho alguns pedidos pra fazer.

— Mas o fantasma falou que os humanos não conseguem saber qual é o momento exato que cada um pode usar o pedido. Veja só. Sobrou o meu pedido do presente e eu esqueci de perguntar quando é que eu ia poder usar — Lucas olhou para Adriana e sabia que, mesmo sem ter usado esse último pedido, não teria mais nada a pedir. Estar ali com a garota era o seu maior desejo.

— Por isso mesmo! — continuou o charreteiro. — Vou ficar por aqui um pouquinho. Quem me garante que não vai ser agora, uai?

E assim foi desde então. De hora em hora, quem olhasse para o chafariz veria Joaquim em um estranho ritual de beber um pouco da água de cada carranca e falar algo baixinho, como se estivesse fazendo um pedido.